加速世界

Accel World

18 黑衣雙劍士

川原 礫
插畫 / HIMA

Kadokawa Fantastic Novels

黑雪公主
黑之團「黑暗星雲」團長。
梅鄉國中學生會副會長。
對戰虛擬角色是
「Black Lotus」。
「……我們也差不多該開始了吧，Graph？」

「我隨時候教，蘿塔。」
Graphite Edge
曾是「黑暗星雲」幹部集團
「四大元素」之一。
目的與真實身分仍然是一團謎。
「我不要緊的！超光箭！」
Superluminal Stroke
四埜宮謠
黑雪公主所率領的新生「黑暗星雲」團員。
「四大元素」之一。
對戰虛擬角色是「Ardor Maiden」。

「我……我又不是要這樣！」
奈胡志帆子
由三名好友組成的小規模軍團
「Petit Paquet」的團長。
與Silver Crow聯手，
成功地解救兩位好友脫離ISS套件的掌控。
虛擬角色是「Chocolat Puppeteer」。
「——不過，怎麼說，
這個，我也覺得
志帆很可愛喔。」
「只要親眼見到面，
相信那個烏鴉同學
也會當場被妳KO的！」
由留木結芽
小規模軍團
「Petit Paquet」的成員。
虛擬角色是「Plum Flipper」。
三登聖實
小規模軍團
「Petit Paquet」的成員。
虛擬角色是「Mint Mitten」。

「至少在今天這種日子，兩個人點一樣的也沒關係吧。」
「超頻連線者不都是這樣嗎？」
高野內雪
「獅子座流星雨」的軍團長
「Blue Knight」的左右手。
虛擬角色是「Mangan Blade」。
高野內琴
「獅子座流星雨」的軍團長
「Blue Knight」的左右手。
虛擬角色是「Cobalt Blade」。

「我要倒數了。5、4、3、2、1……零！」
春雪
國中校內地位金字塔最底端的少年。
黑雪公主所率領的新生「黑暗星雲」團員。
對戰虛擬角色是「Silver Crow」。

「——去吧，鴉同學！」
倉崎楓子
黑雪公主所率領的新生「黑暗星雲」團員。
是傳授春雪「心念」的「師父」。
對戰虛擬角色是「Sky Raker」。

「K。」
「Pard，我跟妳講，
我可是很期待下週的『迷宮』。」
仁子
身兼「日珥」軍團長的「紅之王」
對戰虛擬角色是「Scarlet Rain」。
Blood Leopard
「日珥」的副團長，
「三獸士」之一。
本名是掛居美早。

加速世界

Accel World

18 黑衣雙劍士

川原 礫
插畫 / HIMA

Kadokawa Fantastic Novels

■黑雪公主＝梅鄉國中的學生會副會長，是個清純又聰慧的千金小姐，真實身分無人知曉。校內虛擬角色為自創程式「黑鳳蝶」，對戰虛擬角色為「黑之王」＝「Black Lotus」（等級９）。
■春雪＝有田春雪。梅鄉國中二年級生，體型略胖，遭人霸凌。對遊戲很拿手，但個性內向。校內虛擬角色為「粉紅豬」，對戰虛擬角色為「Silver Crow」（等級５）。
■千百合＝倉嶋千百合。跟春雪從小就認識，是個愛管閒事又活力充沛的少女。校內虛擬角色為「銀色的貓」，對戰虛擬角色為「Lime Bell」（等級４）。
■拓武＝黛拓武。跟春雪及千百合從小就認識，擅長劍道，對戰虛擬角色為「Cyan Pile」（等級５）。
■楓子＝倉崎楓子，曾參加上一代「黑暗星雲」的資深超頻連線者。前「四大元素(Elements)」之一，司掌風。因故過著隱士般的生活，但在黑雪公主與春雪的勸說下回歸戰線。曾傳授春雪「心念」系統。對戰虛擬角色是「Sky Raker」(等級8)。
■謠謠＝四埜宮謠。參加上一代「黑暗星雲」的超頻連線者。名列「四大元素(Elements)」之一，司掌火。是松乃木學園國小部四年級生。不但能運用高階解咒指令「淨化」，還很擅長遠程攻擊。對戰虛擬角色為「Ardor Maiden」(等級7)。
■Current姊＝正式名稱為Aqua Current，本名冰見晶。是前「黑暗星雲」旗下的超頻連線者「四大元素 (Elements) 」之一，司掌水。人稱「唯一的一 (The One) 」，從事護衛新手的「保鏢(Bouncer)」工作。
■Graphite Edge＝本名不詳。是前「黑暗星雲」旗下的超頻連線者「四大元素」之一，真實身分至今仍然不詳。

■神經連結裝置＝以量子無線方式與大腦連線，透過影像與聲音等方式，對所有感官都能提供訊息的攜帶型終端機。
■BRAIN BURST＝黑雪公主傳給春雪的神經連結裝置內應用程式。
■對戰虛擬角色＝玩家在BRAIN BURST內進行對戰之際所控制的虛擬角色。
■軍團＝Legion。由多名對戰虛擬角色組成的集團，以擴張占領區域及確保利權為目的。主要軍團共有七個，分別由「純色七王」擔任軍團長。
■正常對戰空間＝指進行BRAIN BURST正規對戰（一對一格鬥）用的場地。儘管有著直逼現實的高規格重現度，但遊戲系統則與上個世代的格鬥遊戲相差無幾。
■無限制中立空間＝只允許４級以上對戰虛擬角色進入的高等級玩家用場地。其中的遊戲系統規模遠超出「正常對戰空間」之上，自由度比起次世代ＶＲＭＭＯ遊戲也毫不遜色。

■運動指令體系＝用以控制虛擬角色的系統，正常情形下對於虛擬角色的控制都由這個系統處理。
■想像控制體系＝透過堅定想像意念（Image）來控制虛擬角色的系統。運作機制與正常的「運動指令體系」大不相同，只有極少數人懂得如何運用，是「心念」系統的精要。
■心念（Incarnate）系統＝干涉BRAIN BURST的想像控制體系，引發超越遊戲格局之現象的技術。又稱做「現象覆寫（Overwrite）」。

■加速研究社＝神祕的超頻連線者集團。不把「BRAIN BURST」當成單純的對戰遊戲而另有圖謀。「Black Vise」與「Rust Jigsaw」等人都是這個社團的成員。
■災禍之鎧＝名喚Chrome Disaster的強化外裝。一旦裝備上去，就可以使用吸取目標ＨＰ的「體力吸收」與透過事前運算來閃避敵方攻擊的「未來預測」等強力技能，但鎧甲擁有者的精神會遭到Chrome Disaster污染，進而完全受到支配。
■Star Caster＝Chrome Disaster所拿的大劍，有著兇惡的造型，但原本的外形可說名符其實，是一把意象莊嚴，有如星星般閃閃發光的名劍。

■ＩＳＳ套件＝ＩＳ模式練習用（Incarnate System Study）套件的縮寫。只要用了這種套件，任何超頻連線者都能夠運用「心念系統」。使用中會有紅色的「眼睛」附在虛擬角色的特定部位上，散發出來的黑色鬥氣就是象徵「心念」的「過剩光(Over Ray)」。

■「七神器」(Seven Arcs)＝指「加速世界」中七件最強的強化外裝。包括大劍「The Impulse」、錫杖「The Tempest」、大盾「The Strife」、形狀不詳的「The Luminary」、直刀「The Infinity」、全身鎧「The Destiny」與形狀不詳的「The Fluctuating Light」。

■「心傷殼」＝包覆對戰虛擬角色根源所在之「幼年期精神創傷」的外殼。據說若外殼格外堅固厚重，安裝BRAIN BURST後就會塑造出金屬色的對戰虛擬角色。

■「人造金屬色」＝不是從玩家的精神創傷中自然誕生，而是由第三者加厚其「心傷殼」，人為創造出來的金屬色虛擬角色。

■「無限EK」＝無限Enemy Kill的簡稱。是指在無限空間因強力公敵導致對象虛擬角色死亡，經過一段時間復活後再次被殺，陷入無限地獄的迴圈。

Accel World

1

一顆漆黑的流星從火紅的天空劃下。

這個從高達兩百三十公尺的澀谷拉文大樓屋頂直線下降的對戰虛擬角色，籠罩著一層高密度的鬥氣，讓他苗條的輪廓顯得彷彿大了好幾倍。

春雪覺得他的這種存在感，即使和配戴位列七神器的十字大盾「The Strife」的綠之王Green Grandee相比，也毫無遜色。

要是毫無準備就從那麼高的高度摔到地上，當事人會當場死亡是不用說，就連處在著地地點的對戰者也無法全身而退。但擔任這對戰空間兼議事會場開啟者(Starter)的，是綠之團「長城」的幹部集團「六層裝甲(Six Armor)」當中的第三席Iron Pound與第二席Viridian Decurion。現在正在下降的黑色虛擬角色，應該和春雪等人一樣屬於觀眾，所以無論從多高的地方摔下來，自己都不會死，也不會對周圍造成損害。

儘管如此，聚集在場上的十三人當之中，包括春雪在內，有十一人都不由得發出驚呼聲——實際上春雪更發出「唔喔哇啊啊啊啊！」的慘叫——從預測的著陸點跳開。一動也不動的，只有Green Grandee與黑之王Black Lotus。

這個黑色虛擬角色背上交叉背著兩把長劍，長大衣款的裝甲板往四面八方張開。只見他將雙手牢牢架在身前，維持昂然抬頭的姿勢，頭下腳上地垂直往下掉。作為議事會場的拉文大樓廣場中央棟屋頂廣場那大理石的地面已經直逼眼前，眼看他就要倒栽蔥地一頭撞進去之際——虛擬角色忽然將身體往前方翻轉。

他就像個體操選手一樣，雙手仍然環抱在胸前，露了一手超高速直體前空翻，並在最後一瞬間伸出雙手，膝蓋一彎。

咚的一聲響起，以觀眾落地而言，這聲音效相當大聲。

當這陣飛揚得不算太劇烈的塵土慢慢淡去，這個漆黑的雙劍士已經在Black Lotus身前短短兩公尺的位置漂亮地著地。

不，雖說時機和姿勢都控制得極為完美，但春雪仍然不由得有些猶豫，不知道該不該以漂亮二字來形容這次著地。因為雙劍士不是以雙腳腳掌，而是以雙手雙膝撐在地上，深深低頭。

只有一句話可以形容這個姿勢——下跪磕頭。

從高度兩百三十公尺完成的的一記前空翻十五圈飛身下跪磕頭。

雙劍士儘管把額頭往地上蹭，說話聲調卻堅毅又強而有力。

「抱歉，蘿塔！」

「…………………」

在場的每一個人，都各自為了不同的原因而啞口無言。春雪是對這未免太令人莫名其妙的情形看得目瞪口呆，拓武與千百合多半也是一樣。但楓子與晶等黑暗星雲的老團員，則莫名地肩膀一沉，Pound等長城的幹部則一副拿他沒轍的模樣搖了搖頭。黑之王Black Lotus似乎在仔細選擇該說什麼話，肩膀上下動了幾次之後，以有點冰冷的聲音回應：

「我說過多少次，叫你不要叫我蘿塔了……Graph。」

Graph。看來這就是黑衣雙劍士的名字。

春雪覺得似乎聽過……想了兩秒鐘左右，然後才總算想起。他過去就曾聽晶、楓子、謠、黑雪公主提過幾次這個名字。這是取自虛擬角色名稱第一個音節的綽號。

全名是Graphite Edge。

黑暗星雲幹部「四大元素（Elements）」的最後一人……

「為……為……為什……………」

春雪退開半步，一張嘴又開又閉。Graphite Edge和晶與謠她們一樣在三年前參加禁城攻略戰，在四神玄武所把守的北門陷入無限公敵殺（EK）狀態，現在應該仍然受到封印。嚴格說來即使陷入無限EK狀態，也只是無法連進無限制中立空間，對於包括這個議事會場在內的正規對戰空間，仍可以正常出入。但據說他早已下落不明，為什麼會出現在這裡？

春雪太過震驚，腦中正有好幾個巨大問號即將成形之際，謠湊到他身邊來輕聲說：

「鴉鴉，你好像知道他是誰？」

「是……是啊，他是四大元素的Graphite Edge大哥……是吧？可是，為什麼……」

春雪勉強點了點頭，正要問出腦海中洶湧翻騰的疑問，謠就搶先迅速搖頭：

「要是為Graph做的事情一一驚訝慌張，那可會沒完沒了。跟他相處的訣竅，就是當作那人就是這種角色，隨他去。」

「是……是喔……」

對謠來說，這應該是與老伙伴之間感人的重逢，但她講起時卻是那人、角色地在喊，完全沒有久逢的感覺。春雪正啞口無言，結果連站在謠後頭的楓子與晶也都點了點頭。

黑雪公主似乎也同樣不怎麼感動，先大大嘆了一口氣，然後對維持五體投地姿勢的Graphite Edge再度開口：

「而且你這『抱歉』到底是針對什麼事？三年沒見面，一見面就被人磕頭賠罪，我可搞不懂這是在做什麼。」

雙劍士被問到飛身下跪磕頭的理由，微微抬起頭回答：

「不，呃，這個，怎麼說……我，現在其實，是待在黑暗星雲以外的軍團……」

「哦？」

「然後，還拿到了個算是頭銜的玩意兒……」

「哦？」

「具體來說啊，呃，啊…………」

聽了他含糊的答辯而終於爆發怒氣的，並不是黑色陣營，而是綠色陣營的Viridian Decurion。這個身穿深綠色盔甲的劍鬥士型虛擬角色用靴子用力踏響地板，以宏亮的嗓音大喊：

「你這沒出息的樣子也擺夠了吧！不管有過什麼苦衷，你既然來到這裡，可就是我們的代表啊！只要堂堂正正，抬頭挺胸，報上自己的名號不就好了！」

……我們的，代表？

這句話有著什麼樣的含意呢？春雪再度歪頭納悶，他左側的拓武就以沙啞的嗓音低聲說：

「原來……是這麼回事啊。」

春雪不需要問出這麼回事是怎麼回事這個問題。Graph受到Decurion喝叱，死了心似的垂下頭，然後就突然從磕頭姿勢倒立起來，身體輕飄飄地翻了半圈站起。

雖然同樣屬於黑色，但相較於有著黑水晶般閃亮半透明裝甲的Black Lotus，Graphite Edge則有著質感柔和的半消光裝甲。只見他將有著精悍造型的面罩朝向黑方陣營的七個人，報上自己的名號：

「那，既然也有第一次見到的新面孔，我就重新做個自我介紹吧。我是Graphite Edge。以前是黑暗星雲的四大元素之一……然後現在算是長城六層裝甲的第一席。蘿塔、蕾卡、卡林、點點，好久不見了。三位新面孔也請多指教啦。」

一聽完雙劍士這輕佻的招呼，謠就不高興地輕聲「唔～」了一聲。想來多半是因為聽他叫出「點點」這個可愛的綽號，但春雪根本沒有心思去想這種事。

六層裝甲第一席。這不就表示這個人物位居Viridian Decurion之上，是綠之團的第二把交椅嗎？

吃驚的還不止黑暗星雲的團員。長城方面除了Grandee與Decurion以外的四個人，也都不約而同震驚得上身後仰，異口同聲發出驚呼：

「第一席……待過黑暗星雲？」Iron Pound說。

「是那個……『矛盾存在』……」Lignum Vitae說。

「就是你打贏比利哥，還跟老大打平手？」Suntan Chafer說。

「這可太嚇人ing啦！」Ash Roller說。

看到他們的反應，春雪才總算想起幾分鐘前Pound說過的話。他的確說過曾見過第一席的，就只有綠之王和Decurion，其他團員別說沒見過，連他的角色名稱都不知道。

Graphite Edge一百八十度轉身，面向長城的團員後，用指尖搔著頭盔側面說：

「『矛盾存在』啊？這綽號真令人懷念。看來除了阿綠和比利以外，也有人聽過我的名字，不過我還是姑且說一聲吧。我是從兩年又十一個月前幹起這第一席的Graphite Edge，以後還請多多指教。」

Pound等人似乎不知道該對突然登場的軍團第二把交椅做出什麼反應，始終僵在原地，好一會兒後才紛紛發出「……你好」「嗨」之類的簡短招呼。春雪還發著呆看著眼前的情形，身旁的謠就忍不住小聲說：

「兩年……又十一個月前……」

春雪想也不想就在腦海中回溯日曆。現在是二〇四七年七月，所以兩年又十一個月前就是二〇四四年的八月。

是黑雪公主砍下初代紅之王Red Rider首級的那個月。

也是第一代黑暗星雲歷經禁城攻略戰大敗而瓦解的那個月。

這也就表示，Graphite Edge在軍團瓦解後，立刻就轉移到了長城。轉投其他陣營的速度的確是太快了點。

黑衣雙劍士集十幾人的視線於一身，卻絲毫不覺得有壓力似的聳了聳肩膀說：

「好啦，我這一闖進來還真拖了些時間。剩下二十分鐘啊？這下可得趕快談完才行啊……所以呢，之後就麻煩妳啦，蘿塔。」

「……既然要全部推給我，那你到底是出來幹嘛的……」

黑雪公主想必還有很多話想說，但她只以一聲短短的嘆息帶過，踏上一步說道：

「不過也的確沒時間了。雖然跑出了一個我沒料到的面孔，但雙方各七個人都已經到齊，我就馬上開始會談了。」

她這麼一宣告，就走向兩張設置在廣場正中央的長椅當中一張。背上背著十字盾的Green Grandee也默默移動，兩個王各自在長椅正中央坐下。

楓子、謠與晶坐到了黑雪公主的右側，所以春雪趕緊走到她左側坐下，結果正對面卻坐著Graphite Edge，讓他趕緊低下頭去。

黑暗星雲四大元素中唯一的男性超頻連線者。與綠之王Green Greandee一對一打成平手，還曾向所有人都聞風色變的神獸級（Legend）公敵「太陽神印堤」挑戰的勇者。有著石墨（Graphite）這種極其趨近純黑的顏色名稱，是不折不扣的高等級玩家——

春雪不明白該如何面對這個人物的登場，從下往上窺看黑衣雙劍士。Graph那有著銳利造型的護目鏡，和Silver Crow的鏡面護目鏡一樣，都屬於會遮住鏡頭眼的類型，讓人完全看不出虛擬角色的心思。

他是敵人，還是朋友？

他有所圖謀？還是並非如此？

只要當場叫出梅丹佐，請她「看」一下Graph，就可以知道很多事情，但萬一長城方面的人看了圖示後起疑而要求解釋，那麼即使把剩下的時間全部用掉，多半也還解釋不完。現在也只能由春雪自己仔細去觀察、感受。

他正想著這些念頭，所有人都已經在長椅上坐好，黑雪公主再度發言：

「首先我要感謝長城的各位接受我們的請求。剛才我話說到一半，這場會談的目的，是討論如何對付加速研究社。在上週的七王會議上，雖然已經確認ＩＳＳ本體遭到破壞，以及所有套件終端機都遭到癱瘓的事實，但我們不認為研究社會就此停止行動。他們多半會運用從套件本體傳送過去的負面心念能量，在加速世界中帶來更大規模的破壞與混沌。我希望能防患於未然。」

這番話說得平靜，卻蘊含了嚴正的意志，不只黑之團方面，綠之團方面除了Graph與Grandee以外的個人也都挺直了腰桿。Iron Pound輕輕舉起戴上鋼鐵拳擊手套的右手發言：

「也是啦，像我們就曾經為了破壞中城大樓的ＩＳＳ套件本體，整整等了幾個月，就是要等到機會幹掉把守那裡的梅丹佐啊……」

春雪由衷慶幸自己並未召喚出梅丹佐之餘，繼續聽著Pound說話。

「……如果妳說研究社那幫人又有別的圖謀，我們也很樂意去摧毀。可是黑之王，看樣子妳好像已經具體推測出他們下一步要怎麼做啊。妳為什麼知道？又為什麼不是去找和黑暗星雲交好的紅之團（日珥），而是跑來找我們談這件事？」

這個疑問可說理所當然。因為春雪等人在先前的七王會議上，幾乎完全不曾提及他們在加速研究社大本營的親身體驗。

勉強能夠通告諸王的，就只有龐大的心念能量從套件本體傳送出去的消息，對於作為接收心念能量器皿的Wolfram Cerberus，以及用搶去紅之王強化外裝而創造出來的災禍之鎧Mark II，以及大本營的具體位置，都非得隱瞞不可。

一旦得知紅之王失去「無敵號」零件之一的消息，難保黃之王等人不會又開始圖謀不軌，而且公開大本營的位置，也等於宣告七王軍團當中的一個，就是研究社用來掩人耳目的幌子。

這個狀況從七王會議以來仍未改變。春雪不知道黑雪公主究竟會如何回答Pound，緊張得一口氣喘不過來，結果是坐在離他稍遠處的楓子發言：

「小拳……不，Pound，要回答你的疑問很簡單。可是很遺憾，除了我們的親身體驗與信念之外，我們沒有任何根據可以證明我們的答案正確。也就是說，一旦聽了答案，你們就非得選擇不可。看是要全面相信我們而提供協助……還是不相信我們，從此拒絕所有交涉。」

「……這兩種選擇還真極端。」

沉吟著說出這句話的，是從春雪看去，坐在綠之王右邊的Decurion。

「就沒有部分相信，做出有限協助的選擇嗎？」

「沒有。聽了你就會明白理由。」

「…………」

Decurion瞇起雙眼沉默不語，Pound也陷入沉思，雙手抱胸。身為軍團第二把交椅兼六層裝甲第一席的Graph一動也不動，Lignum與Suntan也保持沉默。

當顯示在視野上方的時間剩下不到九百秒時，發出了鏘一聲不客氣的聲響。是坐在長椅最旁邊的Ash Roller，將他厚重騎士皮靴的腳跟，落在大理石地磚上。

「這情形真是Giga拖泥帶水。都到了這個地步，黑暗星雲不說就是Never begin，長城也是不聽就Bone break的get tired，不是嗎？多想也只是Waste of time啊。」（註：日文中折斷骨頭是指大費周章之意）

「Ash，你偏偏只有最後的『浪費時間』英文用對，更讓人聽了不爽呢。」

楓子這句話讓世紀末機車騎士當場立正站好。Decurion對他們的互動輕輕苦笑，朝軍團長瞥了一眼，接著就似乎從保持沉默的綠之王臉上看出了某種意志似的點了點頭。

「……也好。雖然不知道這件事裡藏著什麼炸彈，但的確是不聽就根本沒辦法開始談，而且這樣大費周章安排會議也會變成白忙一場……妳說的『答案』是什麼？」

「…………那，我就說了。」

黑雪公主低聲回答後，一邊將視線望向港區方向滿天晚霞的天空，一邊說下去：

「我們已經查出從中城大樓高樓曾傳送出去的心念能量，送到哪裡去了。」

「……！那妳為什麼不在七王會議上報告這件事？」

黑雪公主對於Iron Pound的這個問題並不立刻回答，先將視線從天空拉回來，朝左邊──春雪等人──瞥了一眼。

「……接下來我要說的，不是我自己，而是Silver Crow、Cyan Pile，以及Lime Bell他們三人經歷的事情。Crow他們追蹤從中城大樓逃亡的加速研究社社員，成功潛入了他們的大本營。幾乎就在同時，我和Sky Raker、Aqua Current、Ardor Maiden，破壞了ＩＳＳ套件本體，目擊了心念能量傳送出去的現象。這股能量就灌注在Crow他們開打的現場……汙染了場上的強化外裝，創造出了一個最可怕的怪物……」

「……怪物，是嗎？」

黑雪公主先對複誦這個字眼的Suntan Chafer點點頭，然後說道：

「這個怪物該怎麼稱呼……就由你再告訴我們一次吧，Silver Crow。」

春雪突然被叫到名字，緊張地點了點頭。

「好……好的。那是……新的『鎧甲』。災禍之鎧……Mark II。」

「你說……………」

「什麼…………」

Decurion與Pound在綠之王右側異口同聲地驚呼，Lignum與Suntan不約而同的雙手在胸前交握，連Graph也面罩微微一動。

「不……不對，可是……就算研究社那幫人再有本事，這種東西是說做就做得出來的嗎？原本的『鎧甲』，不是花了很多年，附身在好幾個超頻連線者身上，結果才弄出那種驚天動地的規格嗎？這有辦法那麼簡單就……」

春雪凝視著大聲呼喊的Pound那灰色的鏡頭眼，回答說：

「我想並不簡單。研究社先闖進赫密斯之索縱貫賽，在觀眾面前展示心念系統的威力。接著讓多達幾十個超頻連線者感染ＩＳＳ套件，將他們的負面心念累積在套件本體。這些全都是為了創造出新的災禍之鎧。結果創造出來的MarkⅡ，如果單純只看出力，是遠遠超出原版的鎧甲。我就是知道……因為我，就是最後一個『Chrome Disaster』。」

「…………」

Pound曾和化為Disaster的春雪交手而被打敗，他用右手摸著當時被貫穿的胸部裝甲，沉默不語。

春雪將視線從Pound身上移開，依序望向綠之團的幹部們，繼續說下去：

「剛創生出來的MarkⅡ，只會像公敵一樣見人就攻擊，感覺不出智能。但我還是被打得毫無招架之力……可是，我們得到了強大的友軍幫助，這才勉強打得它陷入癱瘓。」

在那個戰場上，不只是春雪、拓武與千百合，仁子與Pard小姐，以及大天使梅丹佐也都在場。尤其若不是多虧梅丹佐耗損自己的生命來保護春雪，春雪多半已經被Mark II的虛無能量雷射打個正著，當場蒸發。

但現在還不能說出她們的名字。春雪將感謝留在心中，做出結論：

「可是，我們正要把鎧甲還原成原本的強化外裝時，作為載體的超頻連線者被人從外切斷網路連線……Mark II現在還留在研究會手中。雖然不知道他們打算用那個東西做什麼，但Mark II多半也不是他們的目的，而是手段。因為研究社的社長就說了……說那個東西對她來說是『希望』。」

春雪好不容易完成自己的職責，輕輕呼出一口氣，Decurion立刻舉起右手。

「慢著……你說加速研究社的社長……說『她』說了話？Silver Crow，你遇到了他們的頭目嗎？」

「不只是Crow，她還在我們黑暗星雲全團團員面前現了身。」

這個帶有硬質寒氣的嗓音，是發自黑雪公主之口。

黑之王Black Lotus彷彿要強調此刻就是這場會談的分水嶺，右腳劍尖高聲插在大理石，以藍紫色的鏡頭眼正視長城的七個人，出聲宣告：

「加速研究社的大本營，就在一間位於港區第三戰區的學校。而他們的社長，就是白之王

White Cosmos。也就是說……加速研究社，是在白之團『震盪宇宙』內部結成的組織。」

這次終於連緣之王Green Grandee也微微有了反應。他帶得厚重的裝甲摩擦出聲，讓一對綠寶石般的方形鏡頭眼慢慢閃爍光芒。

這陣充滿驚愕與戰慄的沉默，是由參加會談的綠方陣營中最少說話的Lignum Vitae打破的。這位有著樹木造型的女性型虛擬角色，將原本就嬌小的身軀縮得更小，輕聲細語地問說：

「所以你們說出了這個名字……卻沒有任何證據？」

「對，沒有。要是有物證，我早就在上週的七王會議上拿去逼問Ivory Tower了。」

黑雪公主若無其事地答出這句話後，將尖銳的腳翹在另一隻腳上，正視坐在正對面的Grandee。

「雖然沒有物證，但曾經多次和加速研究社交手的我們，根本不需要物證。黑暗星雲要在研究社引發新的浩劫前，攻擊震盪宇宙。具體來說，就是要在領土戰爭當中攻陷他們大本營所在的港區第三戰區，讓其他諸王看到研究社社員的名字出現在對戰名單上。只要做到這一步，就能充分滿足在七王會議上決議的七大軍團……不對，是六大軍團聯軍總攻擊的發動條件。」

黑之王果斷地表明意思後，綠之王又讓鏡頭眼閃爍一次。他點頭點得身上厚重的裝甲發出聲響，打破漫長的沉默。

「如果滿足這個條件，我願意親自進攻白之團——可是……」

Grandee只說到這裡，又回到沉默模式，改由狀似擔任他發言人的六層裝甲第三席Iron Pound發言：

「可是黑之王，妳說要對震盪宇宙展開領土戰爭，可是現狀應該就是沒辦法這麼做吧？畢竟你們的杉並戰區，和白之團的港區戰區就不相鄰。」

「你說得沒錯。所以我們才會提議召開今天這場會談。」

黑雪公主點點頭，以絲絹般柔順的嗓音丟出今天的第二發炸彈。

「黑暗星雲為了攻擊白之團，要求長城『交還』現有領土當中的澀谷第一及第二戰區。關於補償點數的額度，我希望擇日再議。」

咦咦咦咦咦——————！

春雪好不容易才吞下這聲差點從丹田發出的驚呼。

左側可以看到拓武與千百合也全身僵硬，坐在黑雪公主右側的楓子等人則似乎是事先知道這件事，又或者是已經預測到，並未顯得驚訝，但散發出來的氣息都變得更加嚴肅。

黑雪公主不是說讓渡，而是交還。

春雪記得以前曾聽人說過，第一代黑暗星雲的大本營並非位在杉並，而是在澀谷。黑雪公主是從進了梅鄉國中就讀，才開始在杉並一個人住，在這之前則是和白之王一起在位於港區的老家住，所以起始據點位於相鄰的澀谷戰區，並沒有任何不自然的地方。

但過去春雪一直以為第一代黑暗星雲瓦解後，就變成空白地帶的澀谷戰區，是由以澀谷南方的目黑戰區與品川戰區為大本營的長城自行搶占的。但既然黑雪公主用了「交還」這個字眼，是否就表示這當中有過某種交涉，或是契約……？

想到這裡的瞬間，春雪腦海中就浮現出一週前黑之王與綠之王的對話。

七王會議結束後，黑雪公主在即將離去之際，對Grandee問起一個問題。

——Grandee，兩年又十一個月前我們的談話，你還記得嗎？

對此綠之王回答「當然」。接著黑雪公主就回答說：

——是嗎？那麼……「選擇的時刻」已經不遠了。

又是兩年又十一個月前。一切都在二〇四四年的八月開始，也在這個月裡結束。相信黑之王與綠之王之間，確實在澀谷戰區支配權的轉移上，有過某種交涉。

這麼說來，所謂「選擇的時刻」到底是——

春雪屏氣凝神觀望狀況發展，耳中聽見了一個耳熟的渾濁嗓音。

「慢著……慢著慢著，等我A moment！」

從長椅上以要站不站的姿勢這麼嚷嚷的，是和春雪一樣顯得什麼都不知道的Ash Roller。

「谷……谷灘要交還給黑暗星雲？做出這種事，中層以下的團員Nothing可能接受啊！」

「Ash，我們當然不會要求無償交還，會支付相當的代價。」

Ash的上輩兼師父楓子，以平靜的聲調開導他。

「可……可是啊師父……就算妳說願意支付代價，又有什麼東西能代替BRAIN BRAIN的領土……」

這段抗辯難得不摻Ash語，但打斷他的人並非楓子，而是綠方陣營頭目令人意外的一句話。

「代價我已經收了。」

綠之王的發言似乎連黑雪公主都意料不到，只見她鏡頭眼發出犀利的光芒，反問：「你說什麼？」

「Grandee，你是跟誰收的？」

「跟我。」

這個答得乾脆的人，是從坐到長椅上之後就一直不說話的Graphite Edge。

「……Graph，是你？」

黑雪公主也不由得以吃驚的聲調反問。

「……我還以為你之所以進長城，是自願擔任人質的角色……」

「加速世界」的軍團領土MAP

紅之團「日珥」領土：練馬、中野第一戰區
黑之團「黑暗星雲」領土：杉並戰區
藍之團「獅子座流星雨」領土：新宿、文京戰區
綠之團「長城」領土：世田谷第一、澀谷、目黑、品川戰區
白之團「震盪宇宙」領土：港區戰區

空白地帶：板橋、北區、豐島、中野第二、千代田、世田谷第二、第三戰區

「人……人質？這是怎麼回事！」

這聳動的字眼，讓春雪忍不住驚呼出聲。黑雪公主朝春雪瞥了一眼，略一沉思後說道：

「還剩十分鐘，應該還夠吧。那我就花個三分鐘，講一下往事。講講兩年又十一個月前，這澀谷戰區發生了什麼事…………」

春雪、千百合與拓武這三名黑方陣營的新秀是不用說，綠方陣營的Lignum、Suntan與Ash，似乎對當時發生的事情也不清楚，黑雪公主的話並未被任何人打斷，乘著黃昏空間的微風，靜靜地迴盪。

——歷經在禁城中毀滅性的敗仗，我決定解散黑暗星雲。當然我也想過指名一個人選，來接任軍團長的職位，但四大元素當中有三個都陷入無限EK狀態，剩下一個也宣告要從第一線退下，所以要選這個方案是有困難的。所以我就想到既然如此，不如果斷解散，讓團員各自選擇自己要走什麼路……但我心中還存在著一個尚未解決的問題，不，應該說是我的自私。

——一旦我不做任何對策就解散軍團，離開加速世界，相信當時屬於我們領土的澀谷戰區與軍團成員，幾乎全都會被震盪宇宙吸收過去。我無論如何都想避免這樣的事態發生。我無法眼睜睜看著伙伴們像我一樣，被白之王玩弄在手掌心，當成好用的棋子用過就丟。因此，我在解散軍團前和Grandee見了一面，拜託他一件事，請他接收澀谷戰區，以及黑之團的團員。

——就在短短十天前，我才為了升上10級，試圖砍下包括Grandee在內五個王的首級，所以說來還真是恬不知恥……但當時我就是被逼得這麼急了。我就像剛才的Graph那樣，五體投地求他，然後Grandee是這麼對我說的。

——他說：「有一天，『選擇的時刻』將會再度來臨。如果妳發誓到時候不會逃避，我就幫妳代管領土和戰士。」

「當然我也只能答應，但對於當時還是國小生的我而言，坦白說我不懂他這句話的意思。覺得我已經被逼得只剩放棄一切，躲進區域網路這條路可走，還要叫我選擇什麼。可是……說來懊惱，Grandee的預言說中了。我遇到了Silver Crow，中興黑暗星雲，把老朋友一個個找回來……然後迎來了選擇的時刻。選擇要不要和兩年又十一個月前逼得我只能夾著尾巴逃走的白之王White Cosmos再戰……」

黑雪公主像是要告知眾人這段漫長的往事即將說完，鬆開了交疊的雙腿。

「當我知道加速研究社的幕後黑手就是Cosmos時，既覺得震驚，同時也覺得『果然』。現在回想起來，也許早在知道ＩＳＳ套件本體設置在港區戰區內的東京中城大樓時，我就已經有了淡淡的預感。Cosmos是我在整個加速世界中最害怕的對手。我沒有把握一對一打得贏她。因此，面臨要不要向白之團開啟戰端的選擇，我心中當然有著恐懼。害怕一旦開戰，我是不是又將失去重要的事物……——可是，這次打從一開始，逃避這個選擇就不存在。原因很簡單，因為我已經對Grandee發誓，說我下次不會逃避。」

黑雪公主說到這裡，發出些許像是笑聲的呼吸聲，但綠之王當然一動也不動。黑之王在寂靜中繼續說道：

「Grandee接受了我的懇求，緊接在黑暗星雲放棄澀谷戰區後，就做出占領領土宣言，並且讓以前黑暗星雲中有意轉投的團員，全都納入長城當中。但無論是轉投長城的團員，還是接收者方面的人，心中應該都有著小小的不安。畢竟軍團長有著『處決攻擊』這種駭人的特權……一旦Grandee有這個意思，系統上他是有辦法把從黑暗星雲轉投過去的團員點數全部打光。相對的長城原有的團員，對於要接收二十名以上直到昨天還是敵人的人，想必也會有異議……」

「那當然。畢竟當時第一席的我和第二席的Pound就率先反對。」

Decurion點點頭，Pound也輕輕聳了聳肩膀。

「那當然，因為實質上這幾乎等於軍團分裂。」

「但結果團員轉投的事情敲定，澀谷成了綠之團的領土。我本以為理由是Grandee領導能力過人，對這點很信服……但看來不只是這樣。所以其實是你背地裡有所行動了，Graph？」

雙劍士被黑雪公主叫到名字，為難地上身後拉。

「哎呀，也沒那麼誇張啦……只是先找阿綠，更正，是找綠之王見面，說我也加入長城，還請多關照，差不多就這樣……」

聽他說得簡單，春雪不由得心想這個人還真是說行動就行動，接著才發現不對。事情沒有這麼簡單。就如先前黑雪公主所說，軍團長有著能夠二話不說將團員強制反安裝的「處決攻擊」。Graphite Edge此舉，無異於將自己的性命交到了Green Grandee手上。黑雪公主所說的人質這個字眼，意思正是如此。

謠似乎早已注意到這點，用以她而言已經蘊含了最大規模情緒的嗓音開了口：

「Graph大哥！你每次都這樣！什麼都不跟同屬四大元素的我們商量，自己愛怎麼做就怎麼做，就算後來我們發現這是為了幫我們，我也一點都不覺得高興！」

一個月前，謠在禁城中對春雪這麼說：

——我的力量對上「四神朱雀」……一點都不管用。上次進行禁城攻略戰之際，是我自願率領攻擊朱雀的部隊。當時我太愚蠢……太自以為是，以為只要是火焰，無論有多強的力量我都能駕馭。

謠當時一直想不開，認為禁城攻略作戰會失敗，Aqua Current與Graphite Edge會陷入無限EK狀態，都是她的責任。因此她還獨立開發出對「四神玄武」用的廣範圍殲滅型心念攻擊，為Graph救出作戰做好準備。

當然在無限制空間中，Graph應該還被封印在禁城北門，但相信謠也並未料到今天會在這裡和他重逢。謠繼續呼喊，彷彿壓抑在內心許久的事物就此爆炸性地溢出。

「我們同是四大元素，但我和Graph大哥之間的確有著很大的實力差距。你要是有這個意思，隨時都能夠升上9級……能夠當上王，也許真的是難免把我們當小孩子看待。但就算是這樣，我們應該同是聚集在黑旗下的伙伴。為什麼你自己涉險之前，就不肯跟我們說一聲！」

雙劍士聽完嬌小的巫女這陣高熱火焰似的指責，雙手抓住雙膝，用力一低頭。

「抱歉，點點……Maiden。還有Raker跟Current也是。」

這次Decurion就不說「第一席不要一副沒出息樣」了。Graph整整低頭三秒鐘左右，才總算拉起上身，以更加正經的嗓音說下去。

「沒跟妳們商量就轉投長城，是我不好。可是，我是想到這件事一旦公開，怎麼說呢……加速世界原來的勢力均衡就會有點動搖。所以我就拜託阿綠跟比利，隱瞞我加入長城的消息。」

「起初我還覺得你怎麼這麼任性……」

Decurion插了嘴，左右搖動他那有著大尺寸裝飾的頭盔。

「當時我也很衝動，提出了條件說只要你對戰打贏我，我就答應你，結果三兩下我就打輸了。」

接著Pound也拿他沒轍似的搖了搖帶著拳擊頭盔的頭。

「聽比利說：『從今天開始，五層裝甲(Five Armor)改成六層裝甲(Six Armor)，席次統統往下降一級』時，我還心想這是搞什麼鬼。」

「我也是」「我也是」Lignum和Suntan也異口同聲。

「……這，怎麼說，也給你們添麻煩啦……」

Graph搔了搔頭，視線往上一瞥。

「啊，剩五分鐘啦？得趕快才行……呃，剛才點點說『隨時都能夠升上9級』，但這已經辦不到了。雖然你們大概又會罵我自己亂來，但我已經把剩下的點數全都付給阿綠，作為澀谷戰區的款項了。」

「…………………你說什麼？」

黑雪公主發出嚇人的聲音。

「……順便問一下，你付了幾點？」

「蘿塔那麼可怕，我要保密。不過阿綠好像是把這些點數分成很多份，全都拿去餵公敵吃掉。接下來有好一陣子，都算是有獎公敵出現率倍增的促銷期間啊，哈哈哈。」

Graph笑了笑，Ash問說：「真的Really？」

春雪也忍不住暗自覺得：「好好喔……」然後才重新整理思路。

黑雪公主表明有意支付代價，來換取綠之團交還澀谷第一、第二戰區，但看來這筆款項已經由Graphite Edge先付清了。也就是說，綠之王已經收下了款項，而且全都花掉了——雖說他不是為了自己，而是為了讓加速世界延續下去的這個大義——那麼現在可以當成交還戰區這件事已經成了定局嗎？

……咦……這個澀谷戰區，真的會變成黑暗星雲的領土？這是暫時的？還是永久的……？

春雪的腦袋跟不上狀況，發呆看著四周的一整片高樓大廈時……

「可是啊，事情沒這麼簡單。」

Graph彷彿看穿了春雪的心思，再度開了口。

「長城在三年前，等於是無血占領了澀谷戰區。震盪宇宙也同樣盯上澀谷，這下就好像把他們已經拿到眼前的肉給搶走一樣。至於當時的具體情形……就是黑暗星雲在禁城攻略戰遭到重創後，緊接著進行的領土戰爭裡，震盪宇宙就登記進攻澀谷第一和第二戰區。要是戰爭就這麼開始，相信這兩個戰區肯定已經被攻陷……」

黑雪公主默默點頭。Graph瞥了她一眼後說下去：

「可是，就在距離領土戰爭開始時間的下午四點只剩五秒鐘時，蘿塔使出了放棄澀谷戰區的奇招。當戰區變成空白地區的瞬間，震盪宇宙的進攻登記也就被自動取消，緊接著長城登記進攻這兩個戰區……震盪宇宙來不及再度登記進攻，就拖到了戰爭開始時間，攻方只剩長城，所以不經戰鬥就占領。震盪宇宙和長城之間的互不侵犯條約已經生效，所以震盪宇宙再也不能進攻澀谷，就這麼過了三年。這三年來，兩個軍團之間一直維持著微妙的緊張狀態。當然是沒發生領土戰爭，但在惠比壽和青山那一帶的正規對戰裡，應該就有很多長城的團員在震盪宇宙的『七矮星（Seven Dwarfs）』手下吃了不少苦頭。」

Graph說到這裡先頓了頓，Pound與Suntan就同時哼了一聲。

「說來的確是沒辦法連戰連勝啦，可是我們也不是有打必輸。」

「沒錯。我們才不怕那些傢伙。」

——綠色和白色之間的爭端，的確非比尋常。

但這反而應該屬於一種促成將澀谷戰區交還黑暗星雲的因素吧？畢竟交還的目的，就是為了做長城不能做的事——直接進攻震盪宇宙。

Graph似乎又看穿了春雪的心思，迅速搖了搖頭。

「正因為處在冷戰狀態下，在這個時機交還澀谷，多半會被視為長城對震盪宇宙的明確敵對行為。震盪宇宙甚至有可能將這個舉動視為實質上侵犯互不侵犯條約，對目黑戰區和品川戰區進攻。也就是說，就像前不久Raker說的，長城若不選擇全面協助黑暗星雲，就只能選擇斷交……不，大概不是斷交就能了事吧。要是長城拒絕交還澀谷，蘿塔妳大概打算透過領土戰爭攻下這些戰區吧？」

「那當然。」

一聽到她立刻做出的回答，Decurion與Pound的鏡頭眼都發出犀利的光芒。但Grandee還是一樣保持沉默，Graph也只輕輕點頭，再度將面罩朝上。

「剩三分鐘啦……不過也總算進入正題啦。剛才已經說過，澀谷第一、第二戰區的款項，已經用我在黑暗星雲時代的存款付清了。可是只靠這些，待在這裡的比利他們是不用說了，也沒辦法讓其他團員認同。而且我再怎麼說也是長城六層裝甲第一席，得盡到我的本分。所以呢，蘿塔……不，Lotus，我不會叫妳正式打一場領土戰爭，但你們必須讓我們見識見識你們現在的力量。」

漆黑的雙劍士轉動精悍的面罩，正視黑暗星雲的七個人，以威嚴比起綠之王仍是有過之而無不及的聲音宣告：

「我們就將這個空間，轉為亂鬥模式。你們要全力應戰，展現你們的意志。這就是交還澀谷的另一個條件。」

2

時間流動得很慢。

掛居美早剛想到這個念頭，就聽到也不怎麼大的室內傳來一聲叫聲。

「啊～夠了，我忍不住了啦！」

出聲的人，是一名將火燒般的紅頭髮綁成雙馬尾的少女。她整個人倒到沙發上，兩隻腳甩了一陣，然後猛力起身。

「我說啊Pard，我看我們還是偷偷跑去澀谷啦！如果只躲在場地角落觀戰，大概不會被發現啦。」

「不行。」

美早先簡短地這麼回答，然後朝牆上老舊的類比式時鐘看了一眼。

下午兩點四十五分。一到三點，黑暗星雲與長城在澀谷的首腦會談就要開始。一旦會議開始，最久也只會維持短短的一點八秒，所以相信立刻就會收到通知結果的聯絡，但在開始會議前的十分鐘，卻漫長得讓人覺得像是永恆。美早本來就是自認兼公認沒耐心的急性子星人，所以滿心想答應頭目的提議，但在此她非得斬釘截鐵地駁回這個提議不可。

「一旦溜進會場，卻被綠之團發現，就會弄得前功盡棄，而且就算騎我的機車去，也已經趕不上了。」

「……嗚嗚，我都知道啦，只是講講而已。」

紅髮少女將她小小的背靠到沙發上，深深嘆了一口氣。

她在加速世界驍勇善戰，現在卻露出與她十一歲這年齡該有的幼稚模樣，讓美早忍不住露出淡淡的笑容。美早為了掩飾自己偷笑，從矮茶几上端起紅茶杯，喝了一口不加糖的蘋果茶。

她們兩人待在練馬區櫻台的蛋糕店「海濱烘焙坊（pâtisserie La Plage）」一樓後院裡，美早的私人空間當中。這裡沒有窗戶，牆壁與門也都加上了電磁波隔絕材料，要將神經連結裝置連上全球網路，就必須以有線方式連接設置在桌子下面的路由器。

擔任甜點主廚，實質掌管整間店的伯母，就傻眼地覺得這年頭怎麼還會有房間不能無線上網，都不會靠近這個房間，但這反而讓她們覺得慶幸。因為這間小小的歐式房間，實質上就是紅之團「日珥」的司令部。

「……說到這個，Pard，妳的8級升級獎勵選好了嗎？」

聽少女——日珥團長兼第二代紅之王「不動要塞」Scarlet Rain，也就是上月由仁子問起，美早搖了搖頭。

「還沒。」

「是喔？連妳遇到8級獎勵也會猶豫啊？7級的『常態全牆面奔行』妳明明馬上就選好了。」

聽她賊笑兮兮地這麼一說，儘管大了她五歲，美早還是像個孩子似的噘起了嘴。

「仁子選8級獎勵時也很猶豫。」

「那當然了，問我要重加農砲還是雷射加農砲，我當然會猶豫吧！畢竟不去查一下，根本就不知道兩邊各有什麼樣的性能……」

「我也正在查各種資料。」

前幾天一口氣從6級升上8級的美早一臉若無其事的表情這麼回答完，又啜了一口紅茶。她在仁子面前不說喪氣話，但8級的壓力是超乎想像的大。除了七個王以外，8級就是實質上的最高等級，周遭看待自己的態度也會改變，在對戰中輸給中等級玩家時會被搶走的點數也會變多。儘管她一直以日珥幹部集團「三獸士」首席的立場，全力奮戰到今天，但心中似乎還是有些地方還賴著6級這個數字而縱容自己。

美早視為自身最強對手同時也是最高目標的黑暗星雲副團長Sky Raker，從很久以前就一直在對抗這樣的壓力。相信她即使面對等一下就要面對面的長城諸多強者，也會貫徹她一貫漫不在乎的表情。

美早雖然對仁子說不行，但想同席的心情也在美早心中揮之不去。要知道加速研究社就是綁走了她最心愛的首領，將她釘在十字架上，最後甚至搶走了多達四件強化外裝「無敵號」的零件。儘管透過黑暗星雲「時鐘魔女」Lime Bell那能夠回溯狀態改變的駭人特殊能力，奪回了四件當中的三件，但推進器零件仍未奪回，至今仍掌握在對方手中。

仁子裝出一副全不在乎的模樣，但相信她內心不可能沒有不安。主動進攻研究社，搶回推進器，就是副團長美早的義務。

查出長年來一直神祕兮兮的加速研究社，竟然是白之團的內部組織，的確是往前進了一步，但這個事實卻又顯現出了與研究社戰鬥是多麼艱難。

黑之團採取了正攻法，決定攻下白之團大本營所在的港區第三戰區。今天的會談就是這個計畫的第一步，而除此之外事實上並不存在任何其他選擇，這點美早也明白。然而即使他們與綠之團交涉成功，綠之團願意將港區第三戰區相鄰的澀谷第二戰區交還給黑暗星雲，也並不表示美早就能和白之團戰鬥。因為能夠參加領土戰爭的就只有黑暗星雲的團員，隸屬於日珥的美早沒有這個權利。

等到黑之團揭開研究社用以掩人耳目的幌子，發動六大軍團聯合進攻作戰，美早當然打算打頭陣。但在這之前都只能等待，就實在令人心焦。因為一碰頭就立刻對戰，正是美早這個「血腥小貓」Blood Leopard的最高指導原則。

「……我說啊，Pard。」

美早正看著遲遲不往前走的時鐘指針思索，仁子就發出了滲出些許迷惘的聲音。

「什麼事？」

「我只是舉例……我是覺得也差不多可以和卡西跟波奇商量看看，妳覺得呢……」

「…………hm。」

儘管美早一向是當機立斷主義，對這個問題還是無法立刻做出回答。

卡西「Cassis Mousse」與波奇「Thistle Porcupine」，是日珥三獸士的第二人與第三人。兩人都是從上一代紅之王剛消失的混亂期就嶄露頭角，在表裡兩方面都是支撐新生日珥走到今天的功臣，也因此，他們對軍團的感情更在美早之上。

對他們兩人來說，仁子想找他們商量的「事情」，應該相當具有衝擊性。要是不多花點時間慎重解釋，甚至有可能招致軍團再度分裂。

「……與其一次找來他們兩個，也許還是先只跟Cassis說會比較好。」

美早猶豫地說出這句像是建議的話，仁子也就面有難色地點點頭。

「也是啊……波奇多半一聽到就會爆發，所以得請卡西幫忙壓住才行。只是話說回來，卡西可也相當頑固啊……」

「卡西喜歡甜食，只要吃了蛋糕，也許頭腦就會變得比較柔軟。」

「喔，這招不錯。那我們就拿這裡的黑醋栗慕思撻（Cassis Mousse Tarte）來籠絡卡西吧。」

「這招也許真的不錯。」

兩人同時短短笑了幾聲，同時望向時鐘。離下午三點還剩兩分鐘。

「……終於就快了啊。」

仁子鄭重表情說了這麼一聲，就將傳輸線插上內嵌進桌子的ＸＳＢ插槽上，然後連上自己的神經連結裝置。美早也依樣畫葫蘆，視野中就顯示出連上全球網路的圖示。

相信現在黑暗星雲的七個人，也都已經在澀谷區的某處倒數剩下的時間。現在她們只能從遙遠的練馬區，祈禱這場為了與加速研究社展開最終決戰而踏出的第一步能夠順利交涉成功。

「……等大家回來，就拿蛋糕去慰勞他們吧。」

美早這麼一說，仁子就先露出有點驚訝的表情，然後再讓她那雙會在某些光線條件下帶有幾分綠色的大眼睛閃閃發亮。

「也對。可是妳的機車載得下整整十份蛋糕嗎？」

「ＮＰ（沒問題）。」

美早回答完，開始進行最後的倒數。

她已經叮嚀黑雪公主等人，說會談一結束就要立刻回報結果，所以即使把唸出語音指令的時間考慮進去，相信等三點過了五秒鐘左右之後，就會收到訊息了。

牆上類比時鐘的秒針就像要吊人胃口似的，慢慢地，慢慢地前進。

下午兩點五十九分五十七秒。五十八秒。五十九秒。

下午三點。

下午三點一秒。二秒。三秒。四秒。五秒。

六秒。七秒。八秒——

3

……相信仁子與Pard小姐正等得不耐煩。

春雪一邊想著這個念頭，一邊低頭看著顯示在自己眼前的確認對話框。

這段意思是「您獲邀參加亂鬥模式。ＹＥＳ／ＮＯ」的英文訊息，他當然不是第一次看見。過去他也曾多次從觀眾的身分，被邀請參加亂鬥。

但只有這次，他說什麼也無法保持平常心。要與長城這群強者對抗的緊張感當然是有的，但更重要的是雙方的成員當中，都包含了王——9級玩家在內的事實。

「……學姊，真的不要緊嗎？」

春雪將視線從對話框上移往身旁，小聲問起。

結果黑雪公主儘管早已按了ＹＥＳ鈕，卻微微歪了歪頭。

「誰知道呢……」

「誰知道？學姊也太悠哉了吧……這又不是正式的領土戰，所以應該會套用吧？套用那個9級一戰定生死規則……」

「這肯定會的。畢竟我當初砍下Red Rider的首級時，也不是在正規對戰，而是在亂鬥模式下。」

「那……那我想，學姊還是別參加比較好吧？要是學姊有個什麼萬一，我……」

黑雪公主伸出左手劍，用側面在一再想說服她的春雪右肩上輕輕一拍。

「Crow，謝謝你為我擔心。可是，這個時候不能只有我一個人留下來當觀眾。因為有朝一日當我對上白之王，肯定要在一戰定生死規則下動手……而且，我和Grandee已經講好，在這場亂鬥中，我跟他不直接交手。如果他是那種會違背約定來取我首級的傢伙，根本就不會接受這場會談。我想反而是他們那邊比較擔心吧。」

聽到這番話，春雪朝聚集在一小段距離外的綠方陣營看了一眼。

看樣子在綠之王與Graphite Edge之間，已經同意將會談變更為亂鬥模式來打一場模擬領土戰爭的這個點子。但Viridian Decurion以下的幹部則似乎並未事先聽過，即使現在他們大致上答應，但Iron Pound仍頻頻對綠之王進言。

春雪忍不住仔細傾聽，卻發現內容並不是要綠之王改變主意不參加，而是如何在戰場上維護王的安全等具體的策略。春雪也不認輸，說道：

「……我明白了。那就請學姊盡量，不，是絕對不要殺進敵陣，留在後方……」

春雪做出了覺悟，但這句話說到一半，就聽到綠方陣營傳來悠哉的喊話聲：

「喂~只剩三十秒啦。是誰還沒按下按鈕啊?」

發言者就是身兼亂鬥模式提案人的雙劍士。春雪趕緊朝視野上方一看,看到從1800開始的倒數計時,已經只剩不到0030。

「呃,這個,總之……學姊由我來保護!」

春雪這麼一宣告,就將手指伸向對話框。

不知不覺間,楓子、謠、晶、拓武與千百合等五人,也都已經聚集過來。春雪依序看了看這群可靠的伙伴,彼此間深深點頭,然後按下了YES鈕。

寫著【A BATTLE ROYAL IS BEGINNING!】的火焰文字在眼前熊熊燃燒,倒數十秒後即將變更模式。

「小春,不用擔心啦,憑我們一定打得贏!」

千百合以小卻堅決的聲音這麼一說,接著就在春雪背上重中拍了一記。

「嗯……大家加油吧!」

春雪回答完這位平常總是鼓勵他的兒時玩伴後,用力握緊了雙拳。倒數的數字一一搶眼地燃燒殆盡,切換成下一個數字——零。

Silver Crow的體力計量表,在響亮的金屬聲響中出現在視野左上方,同時天空的顏色也開始改變。黃昏空間的永恆夕陽,以驚人的速度沉入地平線。火紅先被塗改成藍色,黑色更緊接掩來。

是夜晚的空間。是「月光」，還是「墓地」，還是說，是「奇祭」——

但就在下一瞬間——

轟然巨響與震動，撼動了眾人所站的整棟大樓。春雪趕緊環顧四周，映入眼簾的卻是一幅他從未想像到的光景。

對戰空間內的地面紛紛崩解。以澀谷車站為中心的拉文廣場目前仍然正常，但在道玄坂與宮益坂方面，則可以看到建築物陸續遭到地面吞沒，只留下巨大的孔洞。無數孔洞不斷擴大，開始相連，沒過多久，整個地面就只剩下幾個浮島般的區塊。

最後，黑隊與綠隊隔了一小段距離對峙的這棟十層樓建築，也在雙方的中間點發出一聲爆響，當場一分為二。分為南側與北側的拉文廣場所形成的浮島，開始慢慢遠離。其他十幾處浮島，似乎也各自往不同方向緩緩移動。

春雪從不曾看過這樣的對戰空間。才剛想到不知道洞裡頭是什麼情形而從裂縫邊緣往下一看，當場忍不住驚呼：

「咦……沒……沒有底……！」

放眼望去，只看得見吸走所有光線的無限黑暗。

不對，不是這樣。雖然不知道是什麼東西，但這當中有著一些小小的光點。光點迅速增加，各自發出白色、藍色、紅色等冰冷的光芒。那是——

「……星星……？」

拓武在他身旁喃喃自語。的確，怎麼看都覺得是星塵。但地面底下有星星，到底是怎麼回事呢？

這時就站在他們身後的千百合，以沙啞的聲音說：

「等等……上面，看上面啊，上面。」

「咦…………」

春雪與拓武照她的話說，同時抬頭仰望。

「哇……」

兩人同時發出的驚呼聲，與謠說「好漂亮……」的讚嘆聲重合。

頭上一樣有著整片星空。但和月光或墓地空間那種寂寥的星空完全不一樣。很亮。雖然背景是完全的黑色，卻有著數不盡的星星填滿全方位，更有紅色、藍色與黃色的星雲，將星空點綴得五彩繽紛。感覺就好像是從極近距離，看著銀河系的核心部位——

思考走到這一步的瞬間，春雪再度驚呼：

「啊……這……這個，這空間，該不會就是……！」

「看來真的就是啊……」

黑雪公主表示肯定的嗓音，也終究掩飾不住震驚。

「雖然料到有可能在今天上線，但還真沒想到會在這個時候抽到啊。錯不了，這——就是『太空』空間。」

「可是，以太空來說，我們好像站得太理所當然了點說。」

聽晶指出這一點，七個人都低頭看去。虛擬角色的雙腳，的確都牢牢踏在龜裂的大樓屋頂地磚上，沒有要飄起的跡象。

「……也就是說，這太空空間只有看起來像是太空，其實卻有重力……？」

正當千百合說得有點失望時——

「N……Noooooo！等等，來……來人啊，help me～～～！」

就聽到這聲粗豪的嘶吼。春雪再度抬頭看去，結果就在壯麗的星空背景下，看到那輕飄飄往上升的世紀末機車騎士輪廓。

「……啊，飄起來了……」

春雪這麼一說，拓武就頂了頂不存在的空氣眼鏡發表評論：

「看來一旦貿然跳起，重力就會失效。也就是說如果沒有任何推進手段，那就必須雙腳留在浮島的地面上打鬥了啊……」

「如果可以進行遠程攻擊，就不一定要這樣了。大可飄盪在無重力空間，朝浮島上的敵人開火。」

聽晶指出這點，春雪恍然點頭。仔細想想，以太空為舞台的動畫作品，往往都會拿光束步槍或飛彈互相射擊，那麼應該可以想定成這個原則也適用於這款遊戲的太空空間。

可是，這麼一來——

「……這可能就有點不妙了啊……」

「……？」

春雪拚命對回過頭來的晶解釋：

「呃……赫密斯之索縱貫賽的那時候也是一樣，太空空間裡沒有空氣，所以靠我的翅膀沒辦法飛……」

「是喔。」

千百合說得事不關己，然後輕輕一歪頭：

「可是，雖然說沒有空氣，但是呼吸不會難受，而且又可以像這樣講話。」

「這……這該怎麼說，是一種不可以吐嘈的地方……」

春雪先替BB系統打圓場，然後才注意到一件事，再度看向晶。他用食指試著戳向Aqua Current那在銀河星光照耀下發出漂亮光芒的流水裝甲，就看到上面掀起了小小的漣漪。

「等等，Crow你在幹嘛啦！」

春雪被千百合在左側腹上頂了一記，趕緊辯解說：

「不……不是啦！妳想想，太空應該是絕對零度，然後我就想說可倫娒怎麼沒結冰……」

結果這次換楓子從他右側吐嘈：

「這你就說得不太對了，鴉同學。太空充滿了一種叫作『宇宙背景輻射』的微波，所以溫度比絕對零度高了攝氏三度左右。」

「……可……可是這也差不多低到零下兩百七十度左右了吧？應該說不上溫暖吧……」

「呵呵，也是。這太空空間的確不熱也不冷……也感覺不到溫度、風和氣味。」

的確，楓子身上單薄的連身洋裝與帽子上的絲帶，都完全沒被風吹起。黑雪公主仰望著星空沉吟：

「唔……如果一定要定出屬性，大概就是『無』吧。從這樣子看來，是有必要多試試哪些東西有效，哪些東西無效。眼前……就先打壞附近的東西，累積計量表吧。」

「說得也是……」

春雪點點頭，用拳頭擊碎立在身旁的混凝土柱子試試。地形物件的強度雖然不像黃昏空間中那麼極端，但仍相當脆弱。

其他成員也陸續破壞柱子、牆壁等物體，當浮島幾乎被夷為平地時，又聽到距離已經漸漸拉開到三十公尺左右的長城方面浮島上，傳來悲痛的呼喊：

「No……Noooooo～～～～！大爺我的！Super machine～～～～啊啊啊啊啊～～～～！」

抬頭一看，就看到飄盪在無重力空間中的Ash Roller，跨坐在他那不知道什麼時候召喚出來的美式機車上，用力催著油門。但他自豪的V形雙汽缸引擎卻一聲不吭。

「啊～……因為沒有空氣，老式的引擎都不會發動啊……」

春雪一邊心想這下子我和Ash兄都會陷入苦戰啊，一邊觀望狀況，結果看到Lignum Vitae將原本用來破壞地形物件的陽傘朝向Ash。木製的木製的傘軸不斷延伸，將尖銳的傘柄柄頭勾在機車車輪上。在這個狀態下把雨傘往下拉，機車就慢慢接近浮島，隨即以兩輪接地。

千百合將火熱的視線，投注在這一瞬間就縮回原來長度的陽傘上。

「哇～那把陽傘好棒喔！可以伸縮感覺好方便……不知道有沒有哪間商店有在賣……」

「Bell，說來遺憾，但那把傘是Lignum的起始裝備，所以商店裡大概沒有在賣說。」

「呿～」

千百合與晶聊得正熱絡，春雪卻注意到謠在離他們有一小段距離的地方面露難色。春雪小心不要跳起來，走上幾步，找她說話：

「小梅，妳怎麼啦？」

「啊……是。鴉鴉看起來也會很辛苦沒錯，但我多半也真的會遇到一些困難……」

春雪納悶地心想會是什麼問題，仔細盯著這位嬌小的巫女看了好一會兒才想到：

「啊，對……對喔……沒有空氣，火焰也就……」

「是，我想我的火屬性攻擊幾乎會全部失效。總覺得我會在這重要的一戰裡，扯大家的後腿……」

春雪忘情地將雙手放到垂頭喪氣的謠雙肩上：

「不……不用擔……」

擔心的心字還沒說出來，謠的身體就被人輕巧地搶走。從後面將她抱起的，是外號「ＩＣＢＭ」的楓子。

「不用擔心的，Maiden。就算沒有火焰傷害，妳的弓箭也夠強了。不夠的部分，我會努力幫妳彌補。」

她先用力抱緊謠，然後朝天呼喊：

「——著裝，『疾風推進器』！」

接著就有兩道光從滿天星空射下，命中楓子背部。一陣刺眼的閃光炸開，連身洋裝與帽子四散消失後，一件有著流線型外殼的強化外裝已經出現在她背上。這是楓子以前曾經借給春雪，有著壓倒性推進力的火箭推進器。即使在太空空間，也完全能夠正常運作——不，應該說這Sky Raker的翅膀，本來就是為了在這個空間中飛翔而創造出來的。

楓子裝備上疾風推進器之後，將抱在懷裡的謠輕輕放下，以高跟鞋狀的雙腳高聲踏響地面。她一改先前柔和的氣氛，發出堅毅的呼聲：

「——以前在赫密斯之索的最頂端，Silver Crow曾經對我說過一句話。說我Sky Raker，是為了在星星大海中飛翔而生的宇宙戰專用對戰虛擬角色。今天我就要在這裡，證明這句話是真的。」

「嗯，拜託妳啦，Raker。照規矩我不能殺進敵陣，所以前線就交給妳。好好大展身手吧。」

「那當然！」

團長與副團長之間一拍即合的互動，似乎連幾十公尺外的敵陣都感受到了。

飄在南方的浮島上，長城的七個人一起擺出了戒備態勢。看來他們也已經完成了對新對戰空間的掌握與必殺技計量表的充填。倒數讀秒剩下一五二三秒。

春雪直覺到當數字跑到一五〇〇的那一瞬間，戰鬥就會開始。但話說回來，不能飛的烏鴉也沒幾件事能做，頂多只能當別人的盾牌……

「……啊，不對，等等。」

說著春雪再度凝視敵方團隊。

綠之王Green Grandee退到浮島後方，舉好了大盾「The Strife」。劍鬥士Viridian Decurion、拳擊手Iron Pound、中國拳法家Suntan Chafer、有著樹木狀外觀的Lignum Vitae、跨在失靈機車上

的Ash Roller，以及黑衣雙劍士Graphite Edge，則排成一排站在他面前。

「……學姊，請問一下，對方是不是都沒有遠程攻擊型的？」

「嗯？…………唔，的確，也許真的沒有。」

「頂多只有Ash兄的機車的飛彈……可是那招又沒辦法連發，而且我們這邊有裝備弓箭的小梅和有遠程必殺技的Pile，也就是說如果維持這個狀態，只要請他們兩人不斷開火，不就打得贏了嗎……？」

「……愈想愈覺得是這樣說。」

晶也點了點頭。

兩個浮島已經拉開三十公尺以上的距離。要以跳躍的方式去到對面島上，就必須加上助跑後全力跳躍，但只要一跳起來，應該就會像先前的Ash Roller那樣，飄向大老遠的星空。

「…………………」

就在黑暗星雲眾人在極為尷尬的氣氛中面面相覷的瞬間，剩餘時間來到了一五〇〇秒。

春雪等人就只有這麼一瞬間的鬆懈。

但到了這個時候，對方已經搶占先機。

Graphite Edge從敵方陣列的中央輕飄飄地跳起。他將身體大幅度往前倒，縮起雙腳。接著

Iron Pound朝他的腳底打出一記卯足全力的右直拳。

咚的一陣衝擊波，撼動了整個空間。緊接著雙劍士的身體就像點燃了推進器似的，猛力飛了過來。Graph是抓準絕妙的時機踢在Pound的直拳上，藉此往水平方向猛力加速。如果是用這種方法，就不會不由自主地飄盪在星空中。

「——來了！」

聽黑雪公主示警，謠拉緊了長弓「火焰召喚者（Flame Caller）」。射出的箭並未籠罩火焰，而是拖出一道白銀色的軌跡，精確地飛向雙劍士的面罩。

但Graph從右肩抽出長劍，以劍腹擋住謠的這一箭。鏘的一聲響起，箭輕易地被格開，飛往星空中消失無蹤。

「嗚……！」

春雪渾然忘我地挺身上前，舉起雙拳擺好架式。要說到對劍刃，也就是對切斷屬性攻擊的抗性，黑隊當中就屬身為金屬色角色的Silver Crow最高。Graphite Edge非由春雪來應付不可。

但只拔出一把劍的Graph，再度做出了出人意料的舉動。

他還在無重力空間飛翔，就已經高高舉起右手劍，喊出了多半是必殺技名稱的呼聲。

「——『垂直四方斬（Vertical Square）』！」

長劍以快得目不暇給的超高速垂直連砍了四劍。一道道鮮明的藍色軌跡，在虛空中畫出一個巨大的正方形。但這個軌跡離春雪還很遙遠，劍尖不可能砍得到。

——揮空了？只是在示威嗎……？

但實情並非如此。

本以為單純只是光軌特效的這個單邊三公尺見方藍色正方形，並未在原地消失，反而縱向旋轉前進，碰上了黑隊盤據的浮島。

這次春雪真的感受到了明確的震動。光軌正方形一邊劈開混凝土浮島，一邊朝春雪逼近。

「Crow，快躲！」

春雪在黑雪公主由後方發出的呼喝聲推動之下，水平飛身而出。藍色光芒掠過他右腳腳尖，嗤的一聲激出火花。

正方形就這麼埋進浮島之中，再也看不到了。

一秒鐘後。

這個全長怕不有三十公尺的浮島，啪啦一聲一分為二。

「嗚……嗚哇哇！」

春雪趕緊抓住地面，感覺到虛擬重力突然減弱。對戰虛擬角色的重量幾乎減半，讓他差點從劇烈震動的浮島上被甩了出去。

「大……大家……！」

好不容易讓姿勢穩定下來，同時回頭一看，看到在分裂的浮島上，和春雪站在同一塊的拓武、千百合與黑雪公主，以及站在另一塊上的楓子、謠與晶，都張開雙手或壓低姿勢，藉此維持平衡。

想來是浮島愈遭到破壞而變小，產生的重力也就會跟著變得愈弱。在這種不穩定的立足點上，多半很難進行精密射擊。

但更大的問題，是在於Graphite Edge是否從一開始，就是為了達成這減少重力的效果而劈開浮島。如果他是以明確的意圖這麼做，就表示這位雙劍士很清楚太空空間的性質。

黑衣虛擬角色輕飄飄地無聲著地，落在春雪這一邊的浮島上。他並未因重力偏低而舉止失措，身體完全靜止不動。

Graph將右手劍扛到肩上，悠哉地說道：

「實在沒料到會在這個時候抽到才剛上線的『太空』啊。最後按按鈕的是你吧，Silver Crow？該說你是摸牌運好還是不好呢。」

——咦，這要算是我抽到的喔？

春雪慌了手腳，身後則傳來犀利的問話聲。

「……Graph，從你的口氣聽來，你不是第一次抽到太空空間啊。」

黑之王以浮游移動上到春雪身前，而雙劍士對她的這個提問，只輕輕聳了聳肩膀回答：

「怎麼可能，在這裡當然是第一次碰到啦。不過，如果是在其他遊戲，我就曾經在類似的地圖上打過很多次……基本上，一到了太空，有遠程攻擊的一方就太有利了。所以呢，我要打成亂戰。」

他這麼一宣告，輕輕舉起扛在肩上的劍——

「『斜斬』！」

他再度喊出招式名稱，同時劍斜向下劈。藍色的劍光從春雪與黑雪公主面前劃過，在灰色的混凝土上劃出一條筆直的線。

轟隆聲中地面再度搖動。浮島再次被必殺技一刀兩斷，在震動中分離。春雪趕緊抓住只剩當初四分之一大小的立足點，但重力降得更低，讓他已經幾乎感覺不到虛擬角色的重量。

Graph的第二劍似乎就成了開戰的信號，除了Grandee以外的五個人——Ash先下了機車——都一起從幾十公尺外的綠方陣營浮島上跳了過來。看來他們是打算在這低重力的狀況下弄成多人混戰，讓遠程攻擊無用武之地。

但就如春雪先前的推測，單純只往斜上方跳起，就會立刻脫離浮島的重力圈，不由自主地飄向星空。正當春雪趴在地上，瞪大眼睛，想看清楚他們五人要如何改變軌道——

「『遠程護盾（Distant Shield）』。」

這聲沉重的招式名稱喊聲，從飛起的五個人後方傳來。發聲的人是留在浮島上的綠之王。

他高高舉起右手上的大盾「The Strife」，用力往地面一擊。

沉重的衝擊波擴散開來，緊接著……

長城的五人前方，出現了巨大的十字盾。無論顏色與形狀，都和The Strife一模一樣，但這面透出後頭點點星光的盾牌有著明確的實體。Iron Pound等人接連在這幻影盾牌上一蹬，改變跳躍的角度。

「來嘍！」

千百合剛喊完，黑雪公主就迅速指揮眾人：

「Graph由我來應付！Pile和Bell、Meiden和Current各自組成搭檔應戰！Crow和Raker任意游鬥！」

「了解！」

黑暗星雲的六人，也都異口同聲地答應，擺出迎戰態勢。

謠搶先開始朝著從上空接近的Pound等人射箭。幾乎所有的箭都被Viridian Decurion的圓盾擋下，但看來仍發揮了挑釁的效果。對方的五人在空中互推，兵分兩路，Decurion與Pound往謠等人所在的浮島落下，Lignum、Suntan與Ash則跳向春雪等人所在的浮島。

春雪從重力微弱的地面慎重站起後，遠離黑雪公主，與拓武、千百合並肩擺好迎戰態勢。

雖然黑雪公主派給他的任務是擔任游擊兵，但既然對方來了三個人，他就不能不迎戰。

一秒鐘後，先是Lignum與Suntan這對女性搭檔以俐落的身法著地，接著Ash以雙手雙腳緊緊貼到地上。

春雪忍不住對這個一副戰戰兢兢模樣試圖站起的Ash問起：

「Ash兄，請問一下，你都沒了機車，還來做什麼？」

「少囉唆！你自己還不是沒空氣就不能飛！」

被他這麼指著吼，春雪也只能默默不吭聲。現在回想起來，自從春雪當上超頻連線者後所進行的第二次對戰過後，就再也不曾和下了機車的Ash Roller對打過了。當時春雪在一陣充滿菜鳥生澀感的互毆中得勝，但從那次以來都過了八個月以上，看來最好別以為Ash本人的戰鬥力和當時一樣。

「……知道了，我不會大意的！」

春雪這麼宣告，雙手往前擺好架式。然而──

名稱有著金龜子（Chafer）的旗袍裝虛擬角色，用手勢叫Ash退下，說道：

「Ash去和Lignum聯手。Silver Crow先給我打。」

「咦……？」「Why？」

Suntan不再理會同時驚呼的春雪與Ash，打了短短一段狀似中國拳法，動作優美又剽悍的演武。她擺出的架式穩如泰山，讓人完全不覺得這裡的重力只有尋常四分之一。接著大喊：

「就讓我見識見識你單挑打贏Pound大哥的本事！」

「沒……沒有啦，那是……」

——那是我變成Chrome Disaster的時候啦。

她卻不給春雪開口辯解。Suntan以滑行般的步法，在龜裂的混凝土地上急速拉近距離。

「呀！」

在短短呼喝聲中伸出的右手，並未握成拳頭。春雪想也不想，預測這是想以掌底攻擊他的顏面，伸出雙手就要格擋。然而……

Suntan的手掌卻只柔軟地碰上春雪的左手手腕。這一下並未發生損傷，但春雪背上竄過一陣冰冷的戰慄。他趕緊想縮手，但這時手腕已經被她的手掌牢牢吸住似的抓住不放。

春雪沒有空間退避，一瞬間左手就被帶得往內旋轉，讓肘關節與肩關節被劇烈扭到可動範圍的極限。接著就在這個狀態下，Suntan左手擊出了真正的掌擊。

「嗚……！」

春雪勉強以右手格擋住，但在衝擊發生的瞬間，被扭的左手關節迸出了火花。一陣尖銳的疼痛中，體力計量表被削減了五％左右。

春雪在面罩下咬緊牙關，事到如今才了解到是怎麼回事。

重力只剩四分之一，也就表示純粹打擊攻擊的威力，也將降到四分之一以下。單純拳打腳踢不會有太大的效果，反而難保不會讓自己被反作用力推得從地面飄起。要在這種狀況下的格鬥戰當中，確實對對方造成損傷，就得牢牢扭住對手之後再施加打擊，再不然就是得使用關節技。Suntan所使出的扭住他左手並擊出右手的攻擊，就是同時進行這兩種方法的高難度技巧。

想必Suntan他們已經事先由Graph教導過，在太空空間的低重力環境下要如何應戰。

春雪一邊拚命思考，一邊勉力想揮開被扭住的左手手腕，但手腕就像被Suntan右手黏住了似的，絲毫掙脫不開。

「沒用的！我的手掌是細小吸盤的集合體，靠蠻力是掙脫不了的！」

「這……」

這是怎樣超嚇人的啦！春雪一瞬間忍不住有了這樣的念頭，但仔細想想就覺得似乎曾在書上看過，說能爬在玻璃上的昆蟲，腳都有著這種結構。

「……既然這樣！」

春雪忍著左手的疼痛，以右腳踢出一記迴旋踢。既然手被扭在一起，那麼照理說我方的打擊也會管用。

然而……

「太天真了！」

左手在絕妙的時機被她一拉，導致踢腿的軸心一偏。Suntan以左下臂厚實的裝甲輕巧地擋住這一踢，接著立刻踢出一腿回敬。

「哈！」

一記腳筆直身往正上方的完美垂直上踢，掠過春雪的下顎，削去了計量表的三%。

春雪也絕非對近距離格鬥戰不拿手，反而以此為主要的攻擊手段，但高速三次元機動才是他的拿手好戲，處在被迫零距離貼身的這種狀況下，對他就比較不利。無論如何都得想辦法把對方拖進自己拿手的領域不可。

——既然手臂掙不脫！

春雪一咬牙，壓低姿勢。

「喝呀！」

春雪以雙腳猛力跳起。Suntan似乎並非連腳底都有吸盤，也被春雪帶得離開了地面。

「什麼！」

春雪反抓住Suntan急著想放開的右手，把她拉了過去。微弱的重力轉眼間就完全消失，兩人開始朝無限的星空上升。一旦開始上升，除了碰到理應存在於極遙遠上空處的對戰空間邊界，又或是使出能產生動能的必殺技以外，再也沒有別的方法可以回到浮島。

「臭小子，放開我！」

Suntan呼喊的聲調中也不由得透出焦急，再度想伸腳去踢春雪。但這個動作只帶得雙方身體轉個不停，無法形成像樣的攻擊。想來即使事先聽過講習，還是無法一來到初次體驗的完全無重力環境下就立刻完全適應。

當然春雪也一樣是第一次經歷宇宙戰。但只要仔細回想，就會發現自己已經經歷過很多次類似的狀況。那就是從超高空成為自由落體下墜時的情形。

在下墜時，拳打腳踢都無法有效命中。唯一有效的，就是完全抓住對手之後進行的攻擊。

「失禮了！」

春雪下意識地先說了這麼一聲，然後繞到Suntan背後，用雙手繞住她身穿旗袍的苗條軀幹，卯足力氣勒住。

對戰虛擬角色不需要呼吸，也沒有血流，符合原始定義的絞殺攻擊完全不管用。要造成損傷，就必須施加足以破壞對方裝甲的壓力，但Silver Crow並沒有這麼大的力氣。

「沒用……的！我的裝甲不是憑你這麼點力氣就能壓碎的！」

Suntan大聲呼喊，開始試圖用雙手掙脫春雪的手。Suntan說得沒錯，她一身以甲蟲為藍圖的裝甲強度相當高，即使就這麼勒下去，恐怕頂多也只壓得出一些小小的裂痕。

但春雪的目的並不在此。

他趁對方的意識集中在掙脫絞殺攻擊的瞬間，雙手微微放鬆活動，仍然抱住Suntan，卻讓下臂部分交叉。同時上身後仰到極限，大喊：

「頭…………」

Silver Crow的面罩發出純白的光芒，驅退了繁星的星光。Suntan只顧著掙脫Crow的手，反應微微慢了一步。

「…………錘————！」

春雪卯足全力，對眼前的後腦勺使出頭錘。

＊＊＊

「矛盾存在」Graphite Edge。

他會有這個外號，是因為身上兼有能斬斷任何事物的劍，以及什麼攻擊都能擋住的盾。只是嚴格說來，那並不是「盾牌」。

Graph舉在右手的長劍——劍名「Lux」——劍刃有著消光黑，刀身部分則以玻璃般透明的材料構成。也因此，這把劍在暗處看上去，就像只由細細的黑框所構成。

形成刀刃的則是單分子膜「石墨烯」的積層材質構成。由於刀刃前端只有一個分子的厚度，能夠切斷加速世界的任何物質。

構成刀身的，則是碳分子球（富勒烯）的聚合體「超鑽石」構成。有著壓倒性的硬度與韌度，能夠擋住加速世界的任何物質。

儘管尚未出鞘，但Graph在左肩上還背著一把外觀與性能都完全相同的長劍「Umbra」。既然如此，那麼用劍（Lux）去砍劍（Umbra）會有什麼結果呢？這是許多超頻連線者長年來一直懷有的疑問，但Graph只賊笑兮兮，不肯回答。

她已經三年不曾和以前的四大元素之「地」，如今的六層裝甲第一席Graphite Edge交手了。仔細想想，最後一次對戰的舞台，也是一棟蓋在拉文廣場旁邊的商業大樓——澀谷明光大樓的屋頂。

當時黑雪公主以些微之差，未能擊破他的雙劍交叉格擋而落敗，但今天非得讓他看到自己三年來的成長不可。她不能輸掉這場模擬領土戰爭，更重要的是Graphite Edge乃是教導黑雪公主劍術的師父。

「……首先可得讓你拔出第二把劍才行啊。」

黑雪公主一邊毫不鬆懈地戒備，一邊說出這句話，Graph就在面罩下嘴角一揚——至少她覺得是這樣。

「這可真令人期待。因為我已經很久沒有拔出左手劍（Umbra）了。」

「我看你根本就很久沒打對戰了吧。」

「聽妳這麼一說，也許還真是這樣。」

他的說法還是一樣吃定人，但他即使身在這超低重力空間裡，握在右手的長劍劍尖仍然穩穩地靜止不動。

黑雪公主繼續對峙之餘，迅速查看了周圍的狀況。

Graph以他的遠近兩用型必殺技「垂直四方斬」劈開了浮島，黑雪公主就站在靠左側的這一邊。直到幾秒鐘前，Silver Crow跟Suntan Chafer也還在同一個島上打鬥，但Crow自行跳起而飛向無重力區，所以現在已經離開了她的視野。

在稍遠處則有Cyan Pile與Lime Bell的搭檔，在與綠之團的Lignum Vitae與Ash Roller交手。Pile與Bell兩人都擅長接近戰，但處在不習慣的空間，似乎已經被Lignum那伸縮開閉自如的陽傘騙得無所適從。但他們尚未受到重大損傷。

正往右側慢慢遠離的另一個浮島上，則可以看到Aqua Current與Iron Pound交手，Sky Raker對付Viridian Decurion。看來她們的計畫，就是由Current以水流裝甲卸開Pound的拳擊，Raker以手刀撥開Decurion的揮砍，退到後方的Ardor Maiden則伺機射擊，但少了火焰的箭，實在很不容易射穿Pound的鐵甲與Decution的圓盾。

兩隊都處在戰況膠著的局面，但只要有人開始動用必殺技，相信情勢就會迅速產生改變。黑雪公主也不能在這裡沒完沒了地對峙下去。

「……我們也差不多該開始了吧，Graph？」

黑雪公主說著舉起右手劍，Graphite Edge就擺出完全一樣的架式。

「我隨時候教，蘿塔。」

「我話先說在前面……你可別以為我會像三年前那麼好應付。」

她大喊一聲，右腳劍尖插在混凝土地上，以往後推的訣竅一蹬。

在這麼低重力的環境下，光是為了衝刺而蹬地的瞬間，虛擬角色就會飄起，但能將雙腳當釘鞋來用的Black Lotus就不在此限。她從攀在地上似的低空衝刺姿勢，將舉在左下方的右手劍斜斜往上斬去。

Graph輕而易舉地用長劍擋下了這一劍。但到這一步都還在她的盤算之內，黑雪公主另有圖謀。

「哎呀……」

Graph小聲驚呼，身體吸收不完這一斬的能量，輕飄飄地浮起。

黑雪公主更不放過這個破綻，右腳插進地面，同時以左手劍再度一劍往上砍。這次也被揮劍格開，但Graph又往上飄得更厲害了。

不使用平常最有威力的上段斬，改以下段斬為主，就是在太空空間用劍戰鬥的關鍵要訣。只要是從下往上攻擊，就能透過用腳撐地而使出最大的出力，還有著能讓格擋這種攻擊的對手往上飄的效果。而且一旦雙腳離開地面，劍手就再也沒有反擊的手段。

——看我的！

黑雪公主在心中這麼呼喊，鑽進了飄起兩公尺左右的Graph正下方。她先雙腳一收，壓低姿勢，然後將右手瞄準正上方後收。

「——『死亡穿刺』！」

這全力喊出的招式名稱，被一陣像是外燃機的金屬質感音效掩蓋過去。藍紫色的光影特效將昏暗的空間照得清清楚楚。

黑雪公主猛力將身體往上伸展，垂直發出必殺的突刺攻擊。

Graphite Edge能夠採取的行動有兩種。用劍撥打或硬擋。但Black Lotus的5級必殺技沒那麼好應付，不是只靠腳不踏地的普通招式就能格開的；但若用劍硬擋，即使這一刺無法擊碎超鑽石的刀身，Graph應該也會被震得飛往星空的另一頭。如果能趁他回來之前打倒一個對方團員，那就再好不過。

帶有致命光芒的「終結劍（Terminal Sword）」劍尖，直逼雙劍士的胸口。一旦被王的必殺技刺穿要害，無論是多厲害的高等級玩家都肯定會當場斃命，但Graph握在右手的「Lux」卻沒有要動的跡象。

——不撥不擋？

——無所謂，那我就刺穿你！

「喔喔！」

黑雪公主短吼一聲，挺劍就要刺穿Graph薄弱的胸部裝甲。

這時雙劍士才終於有了反應。但他動的不是右手，而是左手。

這隻什麼都沒拿，以男性型角色而言有些纖細的手，隨手抓住了黑雪公主的劍尖。

黑之王那「絕對切斷（World End）」外號由來的四肢刀劍，能夠斬斷所有碰觸到的事物。例外頂多也就只有諸王所持有的七神器、歷代Chrome Disaster的武器，以及Graphite Edge的雙劍。尤其Graph對戰虛擬角色的本體防禦力極低，甚至被Sky Raker說成「劍才是本體的人」。

因此Graph的左手一旦碰上黑之王的劍，而且還是在必殺技發動狀態中握住，照理說五根手指一定會瞬間被切斷。然而——

「！」

黑雪公主太過震驚，倒抽一口氣。這蘊含了必殺威力的刺擊，就像刺進一塊厚實的橡皮似的慢慢減速。只有藍紫色的光輝，從Graph握住劍尖的左手縫隙間無謂地擴散開來。既沒有一根手指被切斷，顯示在視野右上方的Graph體力計量表也是一個像素的長度都並未減少。

黑雪公主看著自己在即將碰到他胸部裝甲之際耗盡了動能而被迫完全靜止的劍，輕聲說道：

「……你到底，做了什麼？」

他的回答老神在在得甚至有些可恨。

「妳的『以柔克剛』可是我教的啊，蘿塔。」

Graphite Edge左手仍然握住黑雪公主的劍，右手劍輕輕一揮。

漆黑的單分子刀刃，碰上了往上直刺的劍刃側面。鏗的一聲輕響中，黑雪公主看到自己右手前端，被輕而易舉地切斷了十五公分左右。

＊＊＊

卯足全力的頭錘擊中Suntan Chafer後腦勺的瞬間，一陣純白的光影特效將雙方的裝甲照得明亮炫目。Suntan那有著直逼金屬色強度的裝甲竄出放射狀的裂痕，灑出細小的碎片。

Silver Crow唯一的必殺技「頭錘」，兼有物理／打擊與能量／光這兩種屬性。儘管物理傷害大部分都會被厚實的裝甲擋住，但光屬性傷害則應該會化為非指向性的衝擊波，透進裝甲內的虛擬身體。

「嗚……！」

Suntan悶哼一聲，體力計量表減少了將近兩成。

緊接著雙方以完全一樣的勢頭，分別被往前後彈開。Suntan彈往將整片天空點綴得熱鬧非凡的星海，春雪則彈往下方的浮島。

正規對戰空間的天空有著邊界屏障，所以Suntan應該不會就這麼在太空中飛得一去不回。但她要撞到屏障再彈回來，應該得耗掉相當多的時間。春雪必須在這之前回到浮島，去幫助面對Lignum＆Ash打得陷入苦戰的拓武與千百合。

春雪一邊在無重力空間中直線下降，一邊睜大眼睛想看清楚戰況。緊接著他就看到一邊浮島上發出亮眼的藍紫色閃光，照得周圍都染上同樣的顏色——那是黑之王Black Lotus的必殺技「死亡穿刺」發出的光。

凝神一看，雙劍士Graphite Edge從地面飄起，黑雪公主則鑽到了他的正下方。一旦從這樣的態勢下使出突刺類必殺技，即使被擋住，Graph的身體應該也會被彈往正上方，和Suntan一樣飛往星空的另一頭。

就在春雪握住右拳，心中大讚學姊真有一套之際……

理應會像長槍一樣刺穿Graph的必殺技光芒，卻往四面八方擴散消失。緊接著在春雪視野右側，與敵方計量表並排顯示的黑雪公主體力計量表，減少了足足一成以上。

「——學姊！」

春雪不明白發生了什麼事，忘情地呼喊。多半是Graph以某種手段撥開了「死亡穿刺」，緊接著完成了一記漂亮的反制攻擊。

不愧是過去的四大元素，現在的六層裝甲第一席，這人果然非同小可。春雪正想將降落目標從拓武等人身邊轉為黑雪公主身旁，但立刻一咬牙。

Graph由我來應付——戰鬥即將開始之際，黑雪公主做出了這樣的宣告。既然如此，黑之王絕對不會就這麼白白打輸。這種時候就應該信任她，交給她處理。

春雪下定決心後，將視線從黑雪公主身上移開，注視拓武與千百合的戰場。

裝備在Cyan Pile右手上的大型強化外裝「打樁機」，即使到了這太空空間，只要腳踏在浮島上，就仍是有效的武器。然而一旦去到無重力圈，鐵樁的威力就會幾乎全失。原因很簡單，在射出鐵樁的瞬間，身體就會吸收不住反作用力，被往後方推開。

拓武為了避免這種事態，一直小心翼翼地行動，不讓身體有那麼一點機會飄起。但似乎也正因如此，讓他無法將輕量級的Lignum Vitae捕捉到鐵樁的射程內。相對的Lignum的主武器陽傘也一樣，儘管透過伸縮與開閉將拓武誘騙得無所適從，但似乎沒有足以打穿Cyan Pile裝甲的出力。

另一邊由Ash Roller對Lime Bell的打鬥，情勢則更加單純。

具體來說就是……

「臭小子～～！慢著～～！」

Bell揮舞著打擊武器「聖歌搖鈴」，

「大爺我Never stop！」

Ash則嚷嚷著四處逃竄。下了美式機車的騎士本人，戰鬥力應該趨近於零，但看來只有逃命的本事並不因此遜色。他在低重力環境下靈活地蹦蹦跳跳，讓千百合靠近不了他。

Lignum與Ash，似乎都尚未注意到從頭上接近的春雪。春雪正想著該對哪一個進行奇襲——忽然卻皺起眉頭。

Lignum Vitae與Ash Roller組成搭檔，應該不會是無意義的編組。相信他們這對搭檔一定能夠發揮某種相乘效果，但現階段兩人都顯得只是在逃竄。雖然也許是在爭取時間，但在正規對戰空間不會發生變遷，而且亂鬥模式一旦開始，也不可能會有援軍闖入。

——不對，有時間煩惱，不如先打倒一個再說！

春雪下定決心，將奇襲目標鎖定在離著地點較近的Lignum身上。

就在這個時候，一個飄在遠方的浮島後頭出現了強烈的光源，將整個空間照得彷彿黑白畫面。

「太……太陽？」

春雪忍不住發出的驚呼聲，被從下方響起的女生嗓音蓋過。

「——『卡爾文循環（Calvin cycle）』！」

Lignum Vitae先前面對拓武一直只招架不還手，彷彿等了那麼久就是在等太陽出現，停下腳步高高舉起右手的陽傘。陽傘急速變大，遮住了Lignum。

看不出這是什麼招式，但春雪不能眼睜睜看著她出招。

春雪雙腳大幅度彎曲，吸收完著地的衝擊後，朝Lignum跑了過去。拓武似乎也有了同樣的念頭，舉起右手的打樁機拉近距離。

Lignum的必殺技似乎屬於變身類。她身穿禮服的軀幹化為細圓筒狀伸長，腳與地面同化。上半身被鼓成圓椎狀的陽傘吞沒，再也看不見了。

這個形狀……是樹。一棵高達三公尺的綠色大樹。

「唔喔喔！」

春雪使出旋踢，想踢斷這直徑將近三十公分的樹幹。另一邊則有拓武雙腳穩穩踏住，發射打樁機。

鏗一聲劇烈的衝擊聲響起，春雪與拓武幾乎同時被彈開，以背部著地。

「毫……毫髮無傷？」

拓武仍坐倒在地，發出震驚的呼聲。Lignum軀幹變成的樹幹上沒有絲毫傷痕。會談開始前Aqua Current在耳邊說過的話，在春雪腦海中復甦。

——Lignum Vitae是號稱全世界最硬的木頭名稱。

也就是說，這是Lignum放棄攻擊而採取的完全防禦型態了？既然如此，她現在變成樹木之後，也還在繼續爭取時間？

春雪的這個推測緊接著就被推翻。

變成巨大圓椎體的陽傘所形成的樹冠表層，浮現出淺綠色的幾何紋路。光沿著樹幹流往底部，就彷彿是樹木沐浴在陽光中，以光合作用形成能量。

聚集在底部的光，形成一條軌跡在地上流動，接觸到離了約有十公尺遠的Ash Roller。緊接著……

「Hey、Hey、He～～～y！」

Ash停下腳步，囂張地大喊。

「來啦來啦，我現在活力Giga充沛啊！讓你們久等啦！接下來！就是大爺我的！回——合啦啊啊——！」

他雙手朝春雪等人一指。啞口無言停下腳步的千百合這時才回過神來，舉起左手的大型搖鈴。

「你的回合Never不會來的！給我乖乖躺下吧！」

千百合這麼呼喊。

「『咆哮重機（Howling Panhead）』——！」

幾乎就在同時，Ash喊出了這句話。

春雪記得這個必殺技的名稱。從Ash Roller的機車上所配備的發射器，發射對空飛彈是

「飛天重機（Flying Knucklehead）」，發射對地飛彈則是「咆哮重機」。但機車還留在已經離得很遠的綠方陣營浮島上，Ash不可能有辦法操作——……

不對，不會沒辦法。

「Bell，快跑！」

春雪尚未親眼看到就先出聲示警，緊接著才看到兩個光點以高速飛來。是有著一顆尋標鏡頭發出紅色光芒的大型飛彈。Ash即使不騎在機車上，也能只靠喊出招式名稱，就遙控飛彈發射。

「哇哇哇！」

千百合以雙腳緊急煞車，轉身開始跑向春雪。但飛彈的飛行速度，甚至足以追上全速飛行的Silver Crow。在本來就已經很不好跑動的太空空間裡，光靠腳力自然不可能甩掉飛彈。

這時離了十五公尺左右的拓武，大幅度後仰上身，大喊：

「『飛針四射（Splash Stinger）』！」

Cyan Pile的胸部裝甲往左右張開，從中接連射出無數小型的針形飛彈。這些飛彈從樹木（Tree）模式下的Lignum Vitae身旁掠過，從左側攔截Ash的飛彈。

小型飛彈群與兩發大型飛彈交錯，以及往前飛撲的春雪抓住千百合將她按倒在地，幾乎是同時發生的。

火紅的閃光，以及轟隆巨響。整個浮島都劇烈震動。春雪用身體護住千百合，摻雜了微小碎片的熱浪打在他的金屬裝甲上。明明並未被轟個正著，體力計量表卻有著看得出來的減少。

想來多半也有一部分是因為拓武的針形飛彈全數引爆，但這破壞力仍然不得了。只要挨到一發，就會受到決定性的損傷，但所幸Ash這一招對必殺技計量表的消耗也很大。得在他重新集滿第二發的氣條之前，就接近過去打倒他才行。

春雪一邊這麼想，一邊從排列在視野右上方的整排計量表當中，查看Ash的那一條。

「嗚嗯……！」

接著立刻瞪大了眼睛。Ash的必殺技計量表正在迅速回復。是喝了蠻什麼牛的飲料嗎？不對不對正規對戰裡又沒有這種東西。春雪一邊想著這樣的念頭，一邊抬頭朝Ash一看，看到他只處在浮島邊緣不動，並未動手破壞地形物件……

「是Lignum啊，Crow！」

聽到拓武這聲呼喊的瞬間，春雪也才總算猜到發生了什麼事。

一條光軌從化為樹木聳立的Lignum Vitae，沿著地面接到Ash身上。就是那條光軌在補充他的必殺技計量表。

Lignum的變身，並非只是防禦型態。多半是只要接受陽光照射，就能像行光合作用似的產生能量，分給同伴使用。也就是說，Ash的飛彈彈藥量實質上等於無限。這正是Lignum&Ash這

對搭檔的相乘效果──

「臭烏鴉，你總～算Understand啦！」

世紀末機車騎士從面罩上露出獰笑，大喊：

「可是已經Too late啦！大爺我的回合！是Never ending的啊──────！『咆哮重機』！再來一次，『咆哮重機』！送你們上西天，『咆哮重機』──────！」

咚咚咚咚咚咚的連續發射聲響中，足足六發大型飛彈，從停在遠方的美式機車車上連續發射出來。

＊＊＊

Ardor Maiden四埜宮謠，深深吸一口氣，開始拉起長弓「火焰召喚者」的弓弦。光的粒子籠罩住她的左手與右手，形成一條細長的直線，化為一根漆上紅漆的箭。

換作是平常，箭會籠罩在赤紅的火焰當中，但在沒有空氣的太空空間，就無法讓火燃燒。銀色的箭尾發出朦朧的光芒，但遺憾的是只靠單純的物理／貫穿屬性傷害，似乎無法射穿Iron Pound厚實的裝甲與Viridian Decurion堅固的圓盾。

在被Graphite Edge劈開的浮島另一邊，謠、Sky Raker與Aqua Current三人，和Pound與

Decurion兩人開打，已經過了將近五分鐘。她們採取的戰術，是由Raker與Current停下腳步應付綠隊兩人的猛攻，謠再從後方射箭，但與其說這是最佳戰術，不如說是不得已的選擇。原因很簡單，因為失去了火焰加持的謠，要和「鐵拳」Pound或「十夫長」Decurion打接近戰，基本上是必敗無疑。就是為了不讓敵人接近謠，絕非純粹近戰型的Raker與Current才得努力攔住敵人。

謠覺得乾脆退到比較遠的另一個浮島，進行遠距離射擊，也許還比較能派上用場。當然了，連從這種近距離射出的箭，都幾乎全被擋下，要是改成從遠方射箭，若不煞費苦心地布局，多半根本無法造成損傷。即使如此，還是比像這樣就只能靠別人保護來得好——謠就是忍不住會這樣想。

但就在這場戰鬥即將開打時，Sky Raker／倉崎楓子對她說過：「妳要忍耐，在後面一直射箭。這一定能開創出活路。」

謠非常信賴從舊黑暗星雲時代，就一直和自己組成搭檔並肩作戰的Raker，對現實世界的楓子也極為敬愛。然而謠心中對她就是有著些許的慚愧。理由就是楓子無論何時何地，都一直盡力保護謠。她總是以毫不矯飾的愛情去包容謠，庇護謠。因為這是一種令人待起來非常非常舒適的情形。

會被楓子保護，也許是無可奈何的。謠與Sky Raker之間的實力差距，遠遠超出8級與7級之間的數字差距。儘管已經好幾年和她並未對戰過，但如果現在和她對戰，相信謠射出的箭全都會被Raker用手掌擊落，轉瞬間就會被拉近距離，就這麼無能為力地打輸。

可是，遲早有一天。

有一天我要達到和Raker一樣的高度，成為不再只能靠她保護的，真正的搭檔。

能開始這麼想，是從加入了新的黑暗星雲……說得再精確一點，是從認識了Silver Crow／有田春雪開始。

老實說，起初謠還覺得他有點靠不住，覺得他實在不像是個足以讓黑之王「絕對切斷」Black Lotus會選為「下輩」，寄託軍團未來的超頻連線者。但等到謠蒙Crow從朱雀祭壇救出，一起從禁城生還時，她已經非常明白。

Crow的強，就是他那追求遙遠高度的意志。無論處在多麼絕望的狀況——哪怕要被打得趴到地上一百次，也要咬緊牙關站起來打第一百零一次的那種堅強意志力。所以他才會帶著美麗的白銀雙翼誕生，成為加速世界唯一的完全飛行型對戰虛擬角色。

謠從Silver Crow身上，學到了在困境中站穩腳步，樸拙地反覆努力有多麼重要。

即使處在這種怎麼想都覺得自己只是個包袱的狀況，只要相信Raker的話而不斷放箭，相信一定能夠改變些什麼。

謠的愛弓火焰召喚者，有著能夠無限形成箭的能力，所以和槍械類強化外裝不同，無論怎麼射擊都不會用完箭。第三十三枝箭，瞄準Iron Pound而發。明明沒有空氣，卻發出咻咻聲飛出去的箭，精準地就要射在Pound臉上，但就在即將命中之際，被他以左拳手套擋住。並未造成任何損傷就被擋開的箭，在空中溶解消失。

謠正心想還早呢，正要搭起下一枝箭，就聽到在Pound右側打鬥的Decurion短短「唔」了一聲。他沒能用盾牌擋住Aqua Current手上像鞭子一樣甩來的高速水流，似乎受到了微小的損傷。

但Decurion出招為什麼會亂呢？謠瞄準的明明是Pound，而他也穩穩擋下了這一箭……

一想到這裡，謠忽然發現了一件事。她迅速拉緊形成箭的長弓，這次是射向Decurion。十夫長和先前一樣用圓盾擋住箭，但同時Pound沒能躲過Raker的手刀，「嘖」了一聲。

「……原來如此……我明白了。」

謠小聲自言自語。他終於懂了Sky Raker的意圖。

這五分鐘裡，謠幾乎一直維持固定的頻率持續射箭，但目標則是隨機決定。有時交互射向Pound與Decurion，有時則連續攻擊其中一方。這腳踏實地累積的努力，讓這長城兩個經驗豐富的強者心中產生了「下一箭會射誰？」的迷惘與焦躁。

——既然如此。

謠先前一直為了不被他們看出自己射誰而壓住殺氣，現在反而大肆灌注在箭上，拉起了弓弦。她全身靜止在「會」（註：弓道中拉滿弓的階段）的狀態下全身靜止不動，蓄勢待發。

還不要射。還不要射。還不要射——

Pound與Decurion等得不耐煩，朝謠瞥了一眼。

Sky Raker與Aqua Current並未放過這個破綻。

「喝！」

「哼！」

兩人同時呼喝一聲，深深跨上一步，以爬行似的低姿勢，Raker使出手刀，Current則以水流刀刃，各自痛擊了自己的目標。她們這看得精準的「打上」攻擊完美命中，將Pound與Decurion同時打得高高飄起。

「該死……！」

Pound脫離了浮島的重力圈，在咒罵的同時，將雙拳伸向星空。他多半是打算朝上發出某種必殺技，靠反作用力回到浮島。但飄在無重力空間的狀態，對謠來說乃是再好不過的標靶。

謠將已經拉滿而蓄勢待發的弓，又拉了一階段，同時大喊：

「『超光箭（Superluminal Stroke）』！」

這是Ardor在這個空間裡唯一威力不會打折扣的7級必殺技，射出一枝純粹追求射程、速度與貫穿力的光屬性之箭。雖然不像「火焰暴雨（Flame Torrent）」或「火焰漩渦（Flame Vortex）」等火屬性必殺技那樣具備爆炸效果，但只要射中敵人要害，就能造成重大損傷。但由於這一招完全沒有一般必殺技幾乎都有提供的命中修正，只要心情稍有波動，就無法精準狙擊。

搭起的箭籠罩在純白的光芒中。意識一路行遍到對戰虛擬角色的指尖，更進而讓弓與箭感覺起來都像是自己身體的一部分。謠就在這一瞬間放出了箭。

無聲的光輝凌空飛過，被吸進Iron Pound身上。

現象就只有這樣，已經舉起雙拳的Iron Pound那厚實的胸部裝甲正中央卻應聲呈放射狀粉碎。他維持在將近九成的體力計量表迅速減少，從黃色變成紅色，到剩下兩成左右才總算停止。由於光瞬間就貫穿了虛擬角色，並未轉換成動能，讓Pound仍然飄在原處。

儘管未能一箭斃命，但對高等級的金屬色目標造成這樣的損傷，已經超出原本的期待。相信接下來自有Raker會給他致命一擊。

謠想到這裡，下一箭正要瞄向Decurion之際。

「Pound，先退再說！」

Decurion舉起右手的雙刃羅馬短劍這麼呼喊。

Pound聽了後懊惱地瞇起鏡頭眼，將伸往上方的雙手改朝向前方。

「噴發拳（Eruption Blow）！」

在喊出招式名稱的同時，雙手的拳擊手套噴出爆炸火焰，Iron Pound就靠著這股反作用力飛往後方的浮島。敵方團隊應該沒有能夠恢復體力計量表的手段，但Sky Raker仍為了追擊而先壓低身體。

但她沒能給對手補上最後一擊。因為身在空中的Decurion舉著劍不放下，發出雷鳴般的嗓音：

「『綠色軍團兵（Viridian Legionany）』！」

劍上迸出四道綠色閃電，接連打在浮島的地面上。Raker與Current在千鈞一髮之際跳開，所以並未受傷。但Decurion的這種必殺技，並非只是範圍攻擊。

「來了啊……」

就在Raker這麼說的同時，有影子像是從被雷光擊中的地面滲出似的起身。是四個身穿顏色比Decurion稍淡的綠色重裝甲，手持長方形盾牌與粗獷長矛的戰士。

前幾天才從世田谷區加入黑暗星雲的新團員Chocolat Puppeteer，就擁有能夠創造「巧克人」這種自動人偶的能力。巧克力製的身體能夠讓普通的物理攻擊失效，而且還能理解相當高度的命令，是非常好用的部下，但「十夫長」Decurion所召喚的「綠色軍團兵」性能更不可同日而語。一條必殺技氣條可以創造出四隻，如果再重複一次，最多將能同時召喚出八隻，實在是駭人聽聞。

被召喚出來的這群綠色士兵，兩隻攻向Raker，另兩隻攻向Current。Decurion抓住其中一隻伸出的長矛而回到浮島上，默默瞪向地面，朝遙猛衝過去。

＊＊＊

左邊傳來飛彈巨大的爆炸聲響。

右邊傳來軍團兵雄健的腳步聲。

黑雪公主切身感受到同伴們陷入苦戰，但她無暇將視線轉往旁邊。

右手劍劍尖已經缺損，再也無法進行刺擊。造成這個損傷的雙劍士，至今仍未拔出第二把劍，以老神在在的站姿繼續與黑雪公主對峙。

過去曾刺穿無數強敵的必殺技「死亡穿刺」，被Graphite Edge空手接下，這個震撼至今仍未消逝。的確，將以柔克剛——照Silver Crow的說法則是「四兩撥千斤（Guard Reversal）」傳授給黑雪公主的就是Graph，但只用空手一握，就將貫穿屬性的必殺技化為烏有，也未免太離譜了。

「蘿塔，表情不要那麼嚴肅。」

Graph似乎看穿了黑雪公主的震驚，以悠哉的聲調說：

「我之所以能無傷卸開妳的死穿，是因為重力太薄弱啊。感覺上就好像虛擬角色變成是用保利龍做的。」

「……不要亂簡稱我的招式。」

黑雪公主冷漠地回答之餘，試圖切換思考。

Graph說得沒錯，一旦重力變弱，身體也會變輕，讓攻擊的威力無法完全轉換到目標身上。

那麼為什麼Graph就能斬斷黑雪公主的劍呢？是因為他左手卸開必殺技之後，順勢固定住劍尖。

在太空空間進行接近戰的基本概念，就是要將自己牢牢固定在重物上。黑雪公主自認有確實實踐到這一步，但還是不夠。若非將對手也固定住，對付高手是行不通的。

但Black Lotus四肢都是刀劍，使不出擒拿招式。雖然也可以請同伴幫忙抓住，但此舉會讓她心情上覺得無異於落敗。若想堅持靠自己砍了Graph，剩下的手段就只有一種。

相信Graph也早已料到這一招，貿然出招也只會挨到慘痛的反制攻擊。她必須細膩地建構出如何走到這一步將軍的策略。

——這種事情你就很拿手啊，春雪。

她在心中對「下輩」這麼呼喚，就覺得沉重的壓力減輕了些。

這場模擬領土戰爭，的確是不能輸的一仗。如果不打贏這場仗，沒能讓綠之團交還澀谷戰區，與白之王White Cosmos的決戰就會變得極為遙遠。相信Cosmos一定會趁這段空檔，運用她得到的災禍之鎧Mark II，對加速世界帶來新的浩劫。

對於這個親生姊姊到底期望什麼，又是為了什麼目標而戰……黑雪公主至今仍不明白。

但Cosmos以「上輩」立場將BRAIN BURST給了黑雪公主；以虛假的情報操縱她，誘使她打光紅之王Red Rider的點數；六大軍團締結互不侵犯條約，她卻在背地裡創立加速研究社，運用開後門程式，進行邊境農耕點數，又利用ＩＳＳ套件引發諸多混亂；還擄走仁子，搶走她的強化外裝，創造出災禍之鎧Mark II。這一切應該都是為了實現一個目的而進行的過程。

White Cosmos到底有著什麼不為人知的目的，這點只要打倒她，用劍抵在她身上逼她說出來就行了。而要達到這個目的，黑雪公主現在就不能敗給Graph——但只看著未來，就會輕忽當下的戰鬥，這點黑雪公主已經從有田春雪身上學到。

對當下的對戰全力以赴，並樂在其中。

……就是啊，春雪。

黑雪公主以思念對應該還在左方戰場上奮戰的Silver Crow這麼呼喚，然後深深吸一口氣，吐了出來。

「『超頻驅動（Overdrive）』，『藍色模式（Mode Blue）』。」

她輕聲唸出語音指令，全身的形體都浮現出藍光。她這是捨棄了裝甲強度與招式的射程，將虛擬角色的性能全都投注在肉搏戰上。

一看到黑雪公主的變身，Graph散發出來的氣息也變了。說得精確一點，是散發出來的氣息完全消失，讓人再也感受不到他內心的想法。

劍士的左手慢慢挪動，握住從左肩伸出的「Umbra」劍柄，以流暢的動作拔了出來。黑雪公主以斜身姿勢，和終於雙劍出鞘的「矛盾存在」對峙。

雙方體力計量表的剩餘量，是黑雪公主八成，Graph則幾乎毫髮無傷；必殺技計量表則是黑雪公主有六成，Graph有七成。兩者都是Graph占了上風，但在BRAIN BURST的對戰裡，這點差距多得是機會可以顛覆。

她擺出斷折的右手劍在前，左手劍在後的架式；Graph也像照鏡子似的擺出同樣的架式。急速升高的壓力讓她手腳都幾乎麻痺，但她仍毅然接受

——要去享受，不，是要樂在其中。因為我本來以為也許再也沒有機會和師父交劍，現在卻能夠和他再度對峙，把分開的這段日子裡得到的事物，磨練出來的力量，展現給他看。

黑雪公主不由自主地在護目鏡下微微一笑。當一切聲響消失，沉重的壓力消失，恐懼消失，黑雪公主有了動作。

＊＊＊

以破天荒的「咆哮重機」三連射擊出的六發大型飛彈，尋標鏡頭上亮出猙獰的光芒，直逼春雪等人而來。

「可惡……再一次！」

拓武再度上身後仰，擺出必殺技的準備動作，但春雪急忙阻止。

「慢著Pile，這樣大概不夠！」

一次「飛針四射」，頂多只能攔截兩枚飛彈，不可能把空出時間差而射來的六發飛彈全部引爆。而且Ash Roller與Lignum Vitae搭檔，能夠無限發射飛彈。

追根究柢來想，這些飛彈是靠什麼機制鎖定春雪等人的呢？不會是熱導向。對戰虛擬角色沒有體溫，而且要是像現在那樣發射，後面的飛彈應該就會鎖定前面的飛彈。

又或者是純粹鎖定「敵方虛擬角色」？不對，如果是領土戰或搭檔戰，倒也還有可能，但這場對戰採用的是亂鬥規則。系統上除了自己以外的所有人都是敵人，飛彈就是會把Lignum也納入攻擊目標當中。

至少飛彈上有尋標鏡頭，所以肯定有在看。所以不是紅外線，而是透過可見光的影像，而且還要能識別敵我，所以應該是遙控導引了？這也就是說——

是Ash Roller的視線！

春雪迅速抬頭一看，就和站在浮島邊緣凝視他的骷髏騎士眼窩對著正著。錯不了。既然如此，那麼只要遮住他的視線就行了。

「——Pile，打地面！」

只這麼一句話，拓武似乎就猜到了春雪的意圖。雖說是孤注一擲，但也已經別無其他方法。拓武點點頭，將右手的打樁機對向腳邊，大喊：

「『螺旋重力鎚（Spiral Gravity Driver）』——————！」

強化外裝當場變大，從中射出高速旋轉的鑽鎚，猛力鑽上混凝土地面。這一招雖然有著只能打向對戰空間鉛垂方向的限制，威力卻甚至足以破壞由Black Vise創造出來的封閉空間「八面隔絕（Octohedral isolation）」。而且從打樁機後端會噴出爆炸火焰，即使處在低重力環境下，也不會因為反作用力而導致自身飄起。

鋼鐵鑽鎚深深貫穿了浮島。

緊接著，春雪等人所站的浮島左半邊化為無數碎片四散。四周的重力完全消失，無數混凝土塊雜亂無章地飄盪。

「呀啊！」

千百合驚呼一聲，春雪拚命抓住她的左手。這時大批飛彈飛來，但Ash Roller的視線受到無數障礙物阻隔，只見飛彈接二連三命中混凝土塊而爆炸。

「嗚……！」

春雪從湧來的熱浪與細小碎片下護住千百合之餘，摸索著下一步該怎麼走。

樹木模式下的Lignum Vitae，即使腳下的岩石只剩直徑三公尺，仍然不為所動，繼續進行光合作用。抓在同一塊岩石上的Ash大肆咒罵，但看來必殺技計量表仍在繼續補充。一旦貿然跳出這現成的小行星地帶，多半就會再度被飛彈鎖定。但要是一直在這裡躲著不動，好不容易打到天空另一頭的Suntan Chafer說不定就會回來。

春雪在一塊較大的混凝土塊後面，和兩名默契十足的兒時玩伴臉挨著臉，小聲把計畫告訴他們。

「阿拓、小百。」

兩人微微顯得躊躇，但很快就點點頭，照春雪的指示各就各位。三人再度相視點頭後，春雪就往附近的岩石一蹬，從掩蔽物後方跳了出來。就在認出Ash的瞬間……

「上！」

春雪這麼一喊，等在正後方的拓武就發射了右手的打樁機。春雪用右腳腳底，承接住猛力擊出的鐵樁。他用以柔克剛的要領彎起腳，將攻擊力轉化為推進力。

即使處於無重力狀態下，仍然無法完全吸收鐵樁的威力，感覺到腳底裝甲出現了裂痕。但這一下並未貫穿，Silver Crow整個人成了一枚銀色的砲彈，在宇宙空間中衝刺。

「Giga fooooooool！只會用這種萬歲衝鋒，可打不倒現在Infinity的大爺我啊！」

在前方攀在岩石上的Ash Roller大聲吼叫。他左手直指春雪，正要再度連發飛彈之際——

「『香櫞鐘聲』————！」

千百合的喊聲中，一道黃綠色的光線從春雪後方灑來，籠罩住Ash全身。

「What?」

Ash大聲嚷嚷，必殺技計量表迅速減少。是Lime Bell用她那能以秒為單位來回溯目標狀態的「香櫞鐘聲．模式I」，將Ash補滿的計量表狀態逆轉。

「咆……咆……『咆哮重機』！」

Ash趕緊喊出招式名稱，但這時他的計量表已經低於需要量，在遠方待命的機車一聲不響。當然只要千百合的必殺技一放完，他的計量表應該又會再透過Lignum Vitae的能力而得到補充，但只要能爭取到短短幾秒來讓春雪接近，也就夠了。

「喝呀啊啊啊啊———！」

春雪大吼聲中，一記飛天交叉手刀正中Ash胸膛。由Cyan Pile的打樁機製造出來的動能，就像打撞球似的一個傳一個，讓Ash高大的虛擬身體……

「I'll be baaaaaaack！」

在這哀嚎聲中飛向黑暗的遠方。

——你暫時不用回來了！

春雪在腦中這麼呼喊，同時用雙手抓住一秒鐘前由Ash抓住的岩石。他早有料到，Lignum延伸出來的光軌也灌進了春雪體內，讓他的必殺技計量表開始補充。

過了幾秒鐘後，Lignum似乎注意到了有人在偷能量。

「『三羧酸循環（Krebs cycle）』！」

Lignum大喊一聲，開始解除樹木模式。圓椎狀的樹冠變回陽傘，樹幹的輪廓也恢復了原有的女性曲線美。

如果是動畫或漫畫的主角，又或者是重視紳士風範的超頻連線者，也許就會遵守「敵人變身中不加以攻擊」的默契。但春雪還只有6級，對上高等級的對手可沒有這種閒情逸致。

「……！」

春雪無聲地呼喝著，沿著岩石往上跑。看準Lignum的雙腳從樹根狀鉤錨變回苗條腳跟的瞬間，立刻把搶來的必殺技計量表用掉。

「——『頭錘』——！」

Lignum的雙手高高舉起陽傘，來不及格擋，胸口被春雪的這一記頭錘撞個正著。不，即使格擋了，相信結果還是一樣。

「I'll be back。」

六層裝甲第四席留下這小小的呼聲後，朝著和Ash不同的方向也飛了出去。春雪立刻仰望上空，但尚未看見Suntan。

這樣一來，黑雪公主命他迎擊的三個人，都已經暫時排除。只要利用爭取到的空檔，去其他戰場支援，戰況就會大幅轉為對黑暗星雲有利。

「——學姊！」

春雪喊了一聲，正要凝視觀看黑雪公主與Graphite Edge對峙的浮島。

這一瞬間，他背上竄過一陣強烈的寒氣。

預感。戰慄。恐懼。就在這一刻，他確信自己忽略了某種非常關鍵的因素……一旦疏忽就再也無可挽回。

當春雪從直徑三公尺的岩石上驚覺地回頭一看，看見的是個一路散播巨大行星般的重量感，急速接近的十字輪廓。

＊＊＊

「Maiden！」

楓子尖銳的呼喊聲中，滿是擔心謠的心意。

在前軍團時代的領土戰當中，謠雖然屢屢被楓子抱著飛到敵陣上空，然後當炸彈丟進敵方據點，但仔細回想起來，自己幾乎從未在這種作戰中陣亡。謠以範圍攻擊把四周都燒過一遍之後，楓子必定也會下來，保護她免於受到敵人的反撲。

現在這一瞬間，楓子也正挺身要從Decurion的強攻下保護謠。可以看見她背對攻向她的兩隻

「軍團兵」，正要朝謠跑過來。

但謠不能一直依賴楓子。不讓自己達到能抬頭挺胸號稱「火元素」的地步，就沒辦法往前邁進。

「我不要緊的！」

謠卯足氣力這麼一回應，就開始拉起長弓。

遠程型的Ardor Maiden，在格鬥戰中不可能打得贏近戰型的Viridian Decurion。她必須在自己被納入劍的攻擊範圍之前，想辦法攔住敵人的腳步。唯一能夠依靠的，就只有剛才射穿Iron Pound的必殺技「超光箭」。管他三七二十一，就用這招瞄準Decurion的要害……

不對，這樣不行。「管他三七二十一」對比自己高竿的對手不可能會管用。換作是Silver Crow，這種時候應該就不會自暴自棄，而是會設法找出活路。

謠忍住恐懼，靜待Decurion接近到極限。

就在她即將被納入羅馬短劍攻擊範圍之際……

「喝！」

謠雙腳深深一彎，用力往地上一蹬。她的虛擬角色本來就是輕量型，轉眼間就離開了浮島的重力圈，朝星空不斷上升。

「別想跑！」

Decurion大喊一聲，跟著跳起。

緊接著他似乎注意到了自己犯的錯，「唔」了一聲。

兩人現在維持僅僅四公尺的間距，幾乎是往垂直方向不斷飛翔。只要繼續在無重力空間裡慣性移動，Decurion就追不上謠。不但追不上，他甚至無法回到浮島或改變軌道。

要是謠再早一秒鐘跳起，相信Decurion就會察覺到她的意圖。但由於已經做出揮砍動作，讓他忍不住配合了謠的動作。

相信Decurion也擁有能夠產生動能的必殺技，但他才剛創造出四隻「軍團兵」，計量表應該已經空了。謠非得趁這個空檔，儘可能對他多造成一些損傷不可。

謠一邊朝著五彩繽紛的星空移動，一邊拉滿長弓。Decurion當然舉起圓盾試圖防禦，但憑這個直徑只有四十公分左右的盾牌，是不可能遮住全身的。何況距離只有四公尺。

清脆的弓弦聲中射出的箭，深深射穿了包住Decurion右腳的裝甲縫隙。儘管體力計量表只減少了五％左右，但Decurion的身體末端被射個正著，發生了旋轉力矩，整個人開始縱向翻轉。謠也因為放箭時的反作用力定律而被推往後方，雙方的距離開始漸漸拉開。

「唔唔……！」

Decurion慌了似的揮舞四肢，但在太空一旦開始旋轉，就不可能停下來。他立刻放棄這個方法，縮起身體，試圖儘可能用圓盾擋住身體，但背上空門大開這點就無可奈何了。

謠深深吸一口氣，同時再度拉弓。她慎重地調整威力，精準地狙擊一個點。

箭應聲插上Decurion從腰間延伸出來的長裝甲板。由於裝甲底下並沒有虛擬身體，不會造成損傷，但謠另有別的意圖。被賦予這反方向的力道後，Decurion的縱向翻轉停住，固定在背對謠的狀態。

「——喝呀啊啊啊啊啊！」

謠難得發出劇烈的喊聲，接連彈響愛弓的弦。以零點五秒間隔連續發射的箭，接連刺進Decurion背上。

「唔啊啊啊啊啊！」

Decurion揮舞原本縮起的手臂，想讓身體翻轉，但只靠反作用力定律，對抗不了謠的弓箭動能。他裝甲薄弱的背後轉眼間就插了密密麻麻的箭，弄得像針山一樣，Decurion體力計量表急速減少的同時，雙方的必殺技計量表都急速增加。

當計量表超過五成的瞬間，謠更加用力拉弦，大喊：

「『超光箭』！」

一道純白閃光從她右手與左手之間炸開。謠毫不猶豫，放出了這根光量足以讓滿天繁星遜色的箭。

等到啪的一聲衝擊聲響響起，光箭早已貫穿Decurion的背。雖然就像先前射中Pound時一樣，這一箭未能打倒他，但Decurion的體力計量表已經染成深紅色，以攤開雙手雙腳的姿勢往浮島落下。相對的謠則受到遠非先前幾箭所能相比的反作用力，被推往無限的星空。這樣一來，相信在撞上對戰空間邊界以前都回不來了。剩下的就只能託付給楓子與晶……

這時謠看見了。

看見遙遠的下方浮島上，無聲地閃出亮麗的藍光。

她已經無數次看過這種光。那是加速世界唯一的宇宙戰用強化外裝「疾風推進器」的噴射火焰。

「…………楓姊。」

謠下意識地低聲呼喚，緊接著……

一個輪廓以令人望而興嘆的速度急速爬升上來。這個左手收在身旁，筆直挺出右拳飛行的，當然只可能是「鐵腕」Sky Raker。

「既然如此——————！」

Decurion往下落去，在轟隆雷聲中揮動右手的羅馬短劍。他多半是想和急速接近的Raker拚個同歸於盡。

劍上發出綠色的火花。Decurion算準時機，喊出招式名稱。

「『綠劍……』

但這招並未發動。因為Raker壓倒性的速度，快得甚至不容他喊出後半截名稱。垂直飛翔的天藍色彗星，捕捉到了Decurion。

胸部裝甲上被謠的必殺技射穿的洞，被Raker的拳頭從反方向再度貫穿。體力計量表瞬間消逝，「六層裝甲」第二席Viridian Decurion當場爆碎，化為無數綠寶石般的碎片。

Sky Raker拿下這場亂鬥中第一個擊破記錄，卻不擺出握拳姿勢，繼續往上飛，轉眼間就追上了謠。

「Maiden！」

她呼喊著伸出雙手，接住謠的虛擬身體，將她緊緊抱在懷裡。

——又靠楓姊救了。

謠在心中這麼自言自語，但並不覺得遺憾。因為她現在能夠抬頭挺胸地認為，身為一個紅色遠程型角色，自己已經盡力而為。

「……楓姊。」

謠又叫了一次她的名字，正要伸出自己的右手也去抱楓子，然而……

突如其來的橫向G力，讓她忍不住悶哼一聲。是Raker來了個急轉彎。緊接著就聽見她在耳邊說：

「Maiden，還沒完呢！」

「怎……怎麼了？」

「我們上當了……他之所以一直旁觀，不是在裝老神在在，是從一開始就計畫好的！」

「他是誰？」

「Grandee！」

Raker一喊出這個名字，就讓推進器猛力噴射，開始直線飛向戰場的另一頭。

＊＊＊

BRAIN BURST中控制對戰虛擬角色的方式，就和控制血肉之軀一樣，所以現實世界中慣用哪隻手，虛擬角色也就會慣用同一隻手。

黑雪公主和大多數的超頻連線者一樣是右撇子。聽說直到二十幾年前，還有父母一旦發現兒童慣用左手，就會強迫矯正，但後來腦科學研究有所進展，得知強迫矯正慣用手將會阻礙大腦發達後，就不再有這種情形了。

現在的黑暗星雲裡，所有人都是右撇子，但在前期團員當中，就有幾個是左撇子。另外更有唯一一個能夠左右開弓的人，左右兩手都能運用自如——那就是能將兩把長劍駕馭自如的「矛盾存在」Graphite Edge。

而Graph即使看到黑雪公主以全力衝刺拉近距離，仍然一步也不動。

他右手「Lux」與左手「Umbra」仍然隨意地垂下，連視線也被顏色很深的護目鏡遮住，看不出他在看哪裡。

但這自然不用力的姿勢，正是Graph以柔克剛的預備動作。他能以最小的動作卸開所有攻擊的力道，翻轉向量後送回敵人身上。他與初代紅之王「槍匠(Master Gunsmith)」Red Rider的一戰中，更創下了傳奇般的創舉，以兩把劍把雙槍發射出來的槍彈全數彈開。

黑雪公主若是使出不夠凌厲的斬擊，多半會向先前一樣被他輕而易舉地卸開，緊接著就挨到痛烈的反擊。首先，一定得逼Graph動用他只有在無法靠以柔克剛對應時才會使出的「雙劍交叉防禦」。

「喔喔喔喔！」

黑雪公主大喝一聲，雙手劍交叉著高高舉起。

這個姿勢很異樣，但並不是必殺技。即使就這麼雙手同時下劈，發揮得出的威力多半也只和單手攻擊差不了多少。憑Graph的實力，恐怕連以柔克剛都不必動用，只用一把長劍格擋，就能以另一把長劍做出反制攻擊，對她造成重大損傷。

但附在Black Lotus雙手上的「藍色模式」藍光特效，蒙蔽了Graph的判斷。

Graph多半以為這是她在這三年來新學會的特殊能力或必殺技，雙劍交叉舉到頭頂，擺出防禦架式。

三年前的比試中，黑雪公主破不了這交叉防禦而落敗。面對這說不定足以媲美綠之王神器「The Strife」的絕對防禦招式，黑雪公主將交叉的雙手直劈過去——但這只是假動作。

「喝！」

她毫無預兆地以右腳使出一記前踢。

銳利的刀尖飛向Graph雙手高舉雙劍而空門大開的腹部。一旦這一腳命中，肯定貫穿到背部。

然而……

「想得美！」

Graph大喊一聲，以離譜的速度將舉在面前交叉的雙劍往內側迴旋。

Lux與Umbra就像剪刀般劃下的劍尖，發出唰的一聲摩擦聲，驚險地擋住了黑雪公主的右腳。

被Graphite Edge的雙劍左右交擊，仍然不會被切斷的物體，在加速世界是寥寥可數。黑雪公主的四肢刀劍，並不包含在這幾樣東西裡。

一聲尖銳而哀戚的慘叫聲中，右腳劍膝蓋以下的部分都被輕而易舉地截斷。她的體力計量表急速減少，一口氣低到五成以下。

但到這一步，都還在她的盤算當中。

黑雪公主即使右腳被斬斷，仍然沒有一瞬間停下動作，以雙手連人帶著雙劍，抱住了Graphite Edge的身體。

她不曾對Graph用過「這一招」。而且Graph為了將雙劍迴向內側，雙手手腕已經扭轉到可動範圍的極限。要從這個狀態下反擊是不可能的。

黑雪公主並未錯過這犧牲右腳才創造出來的剎那，大喊：

「『死亡擁抱（Death By Embracing）』！」

Black Lotus的8級必殺技。

射程距離僅有七十公分，但凡是以雙手擁抱住的目標，都能加以切斷。

這對「終結劍」將Graph連人帶著雙劍都納入致命的咬合範圍當中，迸發出強烈的藍紫色閃光。

雙手在一聲打破水晶似的切斷聲響中交叉，將Graphite Edge連人帶著雙劍一刀兩斷……本來應該是這樣。

但實際響起的，卻是一種令人神經發麻的異樣金屬聲響。眼看即將閉合的雙手，卻收到一半就停住。

在閃光消散的同時，黑雪公主瞪大了雙眼。

Black Lotus的右手劍與左手劍，陷進Graph雙劍「Lux」與「Umbr」刀身一半，卻在這裡停住。黑水晶與超鑽石的接面上斷斷續續發出蒼白的火花，讓人一時間看不出到底是哪一方砍進哪一方，還是雙方都受到了同樣的損傷。

「……！」

黑雪公主為了乘勝追擊，立刻雙手一分。

但無論她怎麼用力，雙手劍就是無法從Graph的雙劍上分開。

「哎……哎呀……」

Graph也發出尷尬的聲音想拔走劍，但四把刀劍就像智慧之環一樣交纏在一起，頂多只拗得微微彎折。

「「……」」

這對曾經的師徒默默對看了好一會兒。

先打破沉默的是黑雪公主。

「……這狀況是很尷尬，但只要能就這麼制住你，也就等於是我贏了。剩下的部分，我的同伴會努力取勝。」

Graph聽了後透出嘴角揚起的跡象回答：

「看樣子妳培養出了一批優秀的新秀呢，蘿塔。可是妳要知道，接下來才是重頭戲啊。」

「什麼……？」

緊接著黑雪公主就將在護目鏡下瞇起的鏡頭眼瞪得老大。

Graph背後有著無限寬廣的星空，而在星空的另一頭，就有個影子放射出壓倒性的重量感飛來。這個影子有著厚實到極限的裝甲，左手還佩帶十字盾。

「絕對防禦(Invulnerable)」Green Grandee。

綠之王所向之處，並不是黑雪公主與Graph對打的中央浮島，而是在左側，也就是Silver Crow等人應戰的小行星地帶。

——春雪！

黑雪公主在內心呼喊，再度試圖鬆開雙手。但互相咬合的劍刃就像經過焊接似的，一動也不動。

相較之下，Graph則反而像是不想讓黑雪公主離開似的牢牢固定雙劍，說道：

「蘿塔，要是妳以為阿綠會一直旁觀到最後，那可就有點太天真啦。等待等待再等待，最後才整碗端走，才是那個大叔的作風啊。從以前就是這樣。」

「…………哦？這可真令人期待啊。」

黑雪公主按捺住焦慮，撂下這樣的話來。

「咦？可是，妳已經不能行動，就算可以行動，照規矩妳也不能直接去跟阿綠打吧？」

「不是我。我們團裡也有著遇到關鍵時刻就一定能搞定事情的團員。」

黑雪公主反駁之餘，在心中對深深信賴的副團長喊話。

——拜託妳了，Raker！

＊＊＊

——竟然在這個時機殺過來！

春雪儘管認出猛衝而來的綠之王Green Grandee，一時間卻不知道如何是好而僵在原地。

他們才剛把Lignum Vitae與Ash Roller都打到對戰空間的另一頭去，眼看這個戰場就由黑隊獲勝，結果就被對方抓準了這一瞬間的鬆懈。不，還不只是這樣。相信不只是春雪，拓武與千百合的意識當中，也都完全忘了Grandee的存在。Grandee只在一開始幫綠隊創造出踏腳處，之後就一直保持沉默，所以眾人都先入為主地以為Grandee會這麼袖手旁觀到最後。

讓擁有最大戰力的王隱形，相信這正是綠隊的策略。只要在黑隊作夢也想不到的時機與地點，投入最強的一顆棋子，就能將破壞力發揮到極限。

即使能夠推測出敵人的意圖，卻還是想不出對策，讓春雪只能眼睜睜凝視Grandee逼近。

最先從僵直中重新站穩腳步的是拓武。

「——把他推回去！」

他低聲一喊，背靠在附近最大的岩石上，舉起右手的打樁機。

的確，綠之王在無重力空間中慣性移動的現在，正是最好也是最後一個攻擊他的機會。哪怕攻擊被擋住，應該也能靠衝擊將他再度推回對戰空間後方。

「拜託你了！」

「上啊！」

拓武強而有力地點頭回應春雪與千百合的聲援，小心翼翼地瞄準目標後，喊出了招式名稱：

「——『雷霆快槍（Lightning Cyan Spike）』！」

這是Cyan Pile的4級必殺技，將鐵樁化為電漿發射出去。

一道發出藍白色光芒的超高溫能量洪流，化為一把巨大的長槍發射出去。

對此綠之王只隨手挪動左手的大盾。電漿長槍命中十字盾的中央，漲成球狀。

果然即使動用必殺技，也打不穿神器「The Strife」。但至少這一下應該能夠阻止Grandee前進。接下來就得趁這個空檔想好對策才行……

「…………咦？」

春雪好不容易開始運轉的思考再度被迫中斷。

命中Grandee十字盾的電漿並未爆炸，就像困在某種力場裡似的，維持球狀不斷震動。

這一瞬間，春雪背脊竄過一陣寒冰似的惡寒。腦中閃過以前黑雪公主說過的話。

——Grandee的大盾一旦完全擋住攻擊，就會將威力加倍反射回去。

「Pile！快躲！」

但春雪的嘶吼遲了一步。

電漿發出滋啪一聲強烈的聲響，再度化為光的長槍發射出去，直徑是原本「雷霆快槍」的兩倍。

藍白色光芒的能量洪流，順著完全相同的軌道反射回去，貫穿了Cyan Pile的打樁機。

「嗚！」

拓武悶哼一聲，肩膀以下的部分一瞬間蒸發，連背後的巨大岩石也有一半以上當場蒸發。

「Pile！」

千百合以慘叫般的聲調呼喊，撲向差點被帶得往後方漂流的拓武，抓住了他。春雪對他們喊說：

「Bell，Pile的回復就拜託妳了。」

接著他就轉回頭來面向Grandee。王儘管微微降低了速度，卻仍穩健地接近。

黑雪公主明明告訴過他神器「The Strife」的特殊性能，他卻未能想起，固然有一部分是因為被Grandee的緊急參戰嚇破了膽，但這終歸是春雪的失誤。但事後有得是時間可以反省，現在該做的事是想辦法扭轉頹勢。

黑雪公主的話再度在腦海中響起。

——要攻破那片盾牌的防禦，只有兩種方法。不是用超高威力的一擊硬轟，就是用無窮無盡的連續攻擊打出破綻，攻擊虛擬角色本體。

前者對春雪來說是不可能的，但後者說不定還有希望。反正即使繼續躲在小行星地帶裡，也躲不過Grandee的追殺。

「…………上！」

春雪喝叱自己，朝背後的岩石猛力一蹬。

他在無重力空間中筆直飛行，握緊了右手。Grandee巨大的身軀轉眼間就直逼到眼前。

「唔……喔喔喔喔喔喔——————！」

他在大吼聲中揮開心理壓力，將拳頭打在十字盾正中央。

一股就像搥打「魔都」空間地面般太過沉重的回撞感，讓他連肩關節都在發出哀嚎。但若現在停止攻擊，只會平白挨到「加倍奉還」。春雪利用反作用力使出左膝踢，接著再度打出右直拳，再接一記左鉤拳。打。踢。打。踢。

每施加一擊，綠寶石色的盾牌表面上，都會蓄積更多銀色的光芒。那多半就是春雪這一連串物理攻擊的能量。只要連續攻擊稍有一瞬間的停止，相信這些能量就會加倍反彈回去，將Silver Crow打得粉身碎骨。

明明處在無重力空間，虛擬角色卻不會往後彈開，的確是很奇妙，但拳打腳踢時的確會覺得有種不可思議的磁力。從The Strife將拓武的電漿長槍「蓄積」在表層時的情形也可看出，這面盾牌在防禦時多半會產生微弱的吸力。

「唔喔啊啊啊啊啊啊！」

春雪大聲呼喊，卯足速度使出自己的打擊招式。

只要有一下沒能正中盾牌重心，就會失去平衡而導致連擊中斷。他必須以最快的速度與最高的精度不斷攻擊。

春雪擠出極限的專注力之餘，想起了約一個月前與Grandee交手時的情形。

地點是在無限制中立空間內，六本木山莊大樓的屋頂。春雪當時成了裝備災禍之鎧的第六代Chrome Disaster，高高舉起大劍劈向The Strife。

那實實在在就是黑雪公主所說的「超高威力的一擊」。即使如此，那一劍仍然未能撞開Grandee的盾牌，卻又並未拚輸，結果就是反射威力往下方擴散，讓大樓上半部完全崩塌。

現在的春雪沒有當時的戰鬥力。當初他是靠著強化外裝「The Disaster」產生的威力、詛咒大劍「Star Caster」的攻擊力，以及寄生在鎧甲上的虛擬思念體「野獸」的預測能力，才和

Grandee打成平手。現在兩人之間的實力差距多半天差地遠，但只要Grandee繼續貫徹防守，自己就能繼續連打。

只有在專注力超過一定界線時會來到的「超加速感覺」浪潮從後方湧來，籠罩住了春雪。噪音遠去，視野的顏色改變。整個世界只存在著眼前的十字盾與自己的拳腳。

要更快，要更快。

打擊的間隔更加縮短，只剩一陣機槍般連續不斷的衝擊聲響。發出銀色光芒的「保留能量」無止盡地增加，過不了多久，整面十字盾都開始發光。

要更快，要更快，要更快更快更快更快！

在被壓縮到極限的瞬間之中，春雪持續讓對戰虛擬角色躍動。只要處在這種感覺中，自己似乎就能持續擊出連打直到永遠。

打破春雪專注的，是一個從正上方落下的喊聲。

「到此為止了，Crow！」

不用轉動視線也知道是誰。是在亂鬥開打後不久，就被撞往對戰空間上空邊界的Suntan Chafer，在這個時間點上回來了。

還不只這樣。

「老大，我馬上趕去！」

「大爺我也Be back啦！」

這兩個並肩飛來的人，是Iron Pound與Ash Roller。看來他們也同樣從戰場後方回歸了。

一旦受到他們三人阻撓，就不可能繼續連打。當春雪的拳頭停下來的瞬間，累積已久的物理屬性能量就會加倍回到他身上，即使他是防禦力較強的金屬色虛擬角色，肯定仍會被打得粉身碎骨。

——怎麼辦？該怎麼辦？

——哪有什麼怎麼辦，唯一要做的就是打到最後一瞬間為止！

「嗚啊啊啊啊啊啊啊——！」

春雪卯足全身氣力，更加快了連擊的速度。手腳以連自己看去都像是慢動作播放的速度呼嘯，虛擬角色負荷過度的關節火熱發紅。明明已經不知道打了幾百下，神器「The Strife」仍然有如岩石般屹立不搖。

以前春雪查過字典，「Strife」似乎是「鬥爭」的意思。於是他又去查鬥爭是什麼意思，和競爭有什麼分別，查到的說法是，競爭是為了某種目的而與對手衝突，鬥爭則是為了否定對手這個目的而起衝突。

當時他覺得用來保護自己的盾牌取這個名字很不搭調。然而如今他已經切身體認到加倍奉還的特殊效果，自然大感認同。拒絕、反射並破壞任何攻擊……這個世界裡恐怕也沒有幾種能力，能將「否定」的概念體現得更加純粹。

否定。仔細想想就發現，Green Grandee本身，就是個為了否定BRAIN BURST 2039的系統本身而戰的人物。他孤身一人，在無限制空間裡不斷獵殺公敵，毫不吝惜地將賺來的大量點數分給中等級的超頻連線者，以此拒絕讓這個世界結束。

Grandee曾對他不惜做到這個地步的理由，做過這樣的解釋。

BRAIN BURST 2039，多半具備了已經廢棄的ACCEL ASSAULT 2038與COSMOS CORRUPT 2040所欠缺的某種因子。在這個因子體現出來之前，都不能讓這個世界就這麼收掉——

春雪尚未理解他這番話真正的含意，但有一件事他敢肯定，那就是Grandee是以堅定的意志擋在春雪面前。既然如此，春雪也必須將自己的信念貫徹到最後關頭。哪怕幾秒鐘後就會受到Suntan等人攻擊而導致加倍奉還發動，讓虛擬角色被轟得粉身碎骨，他也不能放棄，必須努力到最後那一瞬間。

春雪燒得火紅的各處關節濺出點點火星，使出最後一段連擊。

這一瞬間，他聽見了一個聲音。

——鴉同學，再撐一下！

春雪不知道那是聲音，還是思念。但他在全速運轉雙手雙腳之餘，視線一瞬間往右上方瞥去，於是他看見了。

看見一顆在深紫色瓦斯星雲背景下飛翔的藍色彗星。

以及一顆被彗星抱住的紅色流星。

是「ＩＣＢＭ」Sky Raker與「緋色彈頭」Ardor Maiden。

Maiden被高速飛行的Raker抱在懷裡，拉緊弓弦大喊：

「『火焰暴雨』！」

她射出的箭上並未籠罩火焰。但必殺技本身仍然發動，瞬間分裂出十幾枝箭，化為一陣銀雨灑落在戰場。

「嗚……！」

正從上空逼近的Suntan，以及從Grandee後方接近的Pound與Ash，都不約而同舉起雙手擺出防禦姿勢。緊接著鏗鏗鏗鏗鏗鏗幾聲乾澀的金屬聲響接連響起。

儘管春雪也被納入必殺技的攻擊範圍內，但所有有可能射中他的箭，都被頭上的Suntan與眼前的大盾擋住。Suntan、Pound、Ash儘管全身都中了好幾枝箭，但體力計量表並未大幅減少，Grandee更是儘管完全不採取防禦行動，仍然毫髮無傷。

但Maiden施放必殺技的目的，並不在於造成損傷。

就在箭雨創生出來時那一剎那的停滯當中，Sky Raker無聲無息地放開了Maiden，然後——

她飛了。

疾風推進器以十倍於先前的勢頭迸出噴射火焰，一道藍光軌跡筆直撕開了夜空。

春雪卯足剩下的氣力繼續連打之餘，不由得瞪大了雙眼。但即使看在仍然處在超加速感覺當中的春雪眼裡，仍然只能看到Raker留下的些許殘像。

被藍光碰到的Suntan Chafer，連叫聲都發不出來，就被打得飛向對戰空間下方，身影消失在黑暗當中。

藍光接著來個急轉彎，從側面撲向並排的Ash Roller與Iron Pound。Ash也同樣被打得飛開，但剩下體力不多的Pound則當場爆裂，化為鋼鐵碎片四散。

Raker轉眼間就排除了三個敵人後再度轉向，爬升到春雪後方。

——鴉同學！

楓子的喊聲在腦中響起的瞬間，春雪最後朝眼前的大盾踢出一記旋踢，就利用反作用力跳往後方。

本來系統應該會在這時判定連續攻擊結束，將蓄積在The Strife上的物理傷害加倍反射出來。

但有個物體在絕妙的時機插上了盾牌正中央。

在大盾上打個正著而發出轟然巨響的，是Sky Raker那有著尖銳腳尖與細長高跟的右腳。

春雪的精神力燃燒殆盡，四肢乏力地飄盪之餘，試圖將她的身影牢牢烙印在視網膜當中。

裝備在Raker背上的疾風推進器，在連接肩胛骨的轉軸部分旋轉了一百八十度，往頭頂噴出噴射火焰。Raker一頭銀色的長髮劇烈拍動，苗條的軀體與修長的右腳化為一把長槍，試圖洞穿絕對防禦的神器。

Raker腳掌與Grandee大盾的接觸面，劇烈噴出純白色的火花。多半是因為一個點上匯集了太強大的力量，讓四周空間呈漣漪般搖曳。

——師父。Raker姊。

春雪握緊仍然發紅的雙拳，在心中呼喊。

——妳……妳就是為了在這星空飛翔而生的，唯一一個宇宙戰用對戰虛擬角色。在這個地方，妳不會輸給任何人，哪怕對手是王也不例外。

——所以……所以！

「Raker，打穿他！」

喊出這一聲的不是春雪，而是應該還在一個遙遠浮島上和Graphite Edge對打的黑雪公主。彷彿她的這一聲呼喊化為了能量，從疾風推進器延伸出來的藍白色噴射火焰變得更加劇烈。

忽然間……

神器「The Strife」發出直透入骨似的的重低音，構成盾牌的四個零件往上下左右分離。春雪心想大概是新的攻擊，咬緊了牙關。

但他猜錯了。

以支柱相連的四個零件側面，噴出了大量的蒸汽。多半是盾牌超出了蓄積能量的極限，才將蓄積的損傷排出。

下一瞬間，均衡狀態就此瓦解。

一陣比剛才劇烈好幾倍的衝擊聲，撼動了整個對戰空間。衝擊的光芒從Raker的腳掌，化為多重同心圓往外擴散。

「……漂亮。」

綠之王Green Grandee只留下這句話，左手仍然舉著分離的十字盾，整個人被撞得高速飛向無底星空的另一頭。受到那麼強大的衝擊，體力計量表仍未減少，實在令人肅然起敬，但這樣一來，綠之王應該也暫時回不來主戰場了。

Sky Raker空翻一圈，同時將疾風推進器轉回原來的方向後，轉身面向飄盪在附近的春雪。

「鴉同學，你好努力。」

聽她用平靜的聲音這麼一說，春雪雙眼就滲出連他自己也不知道為什麼會流出的眼淚。

「……哪裡，要不是師父趕來，我已經被加倍奉還幹掉了……」

他好不容易回出這句話，楓子就輕輕搖了搖頭。

「不對。是多虧鴉同學不放棄地繼續連打，我和Maiden才能趕上，而且也是因為有著你蓄

積的那些損傷，我才踢得穿Grandee的盾牌……好了，戰鬥還沒結束呢。」

春雪握住她伸出來的手，點了點頭。現在還不能鬆懈。

長城方面的Viridian Decurion與Iron Pound都已經退場，但Suntan Chafer、Lignum Vitae、Ash Roller、Graphite Edge，以及Green Grandee都還健在。

黑暗星雲七個人都還活著，但Cyan Pile身受重傷，Black Lotus所受的損傷也很重。一旦被打到對戰空間另一頭的敵人全都回來，就還有可能被翻盤。

「好了，首先我們就去解決一旦留下來就會很棘手的那個『劍才是本體的人』吧。」

楓子微笑著這麼一說，就繼續握著春雪的手，讓疾風推進器以小出力噴射。

短短三十秒後，Graphite Edte被Lotus、Raker、Current、Maiden這四人密不透風地團團圍住而宣告投降。

4

第六堂課的長班會時間結束，導師的身影一消失，二年二班的教室就充滿了熱鬧的氣息。看來星期一的憂鬱，終究敵不過離暑假只剩一週的期待感。梅雨季剛過的七月天空，即使過了下午三點半，仍然十分明亮，運動性社團的學生們都爭先恐後地衝出教室。

奈胡志帆子等喧囂平息下來後，才一手拿著書包站起。她穿過後方的空間走出教室後，一路避開走廊上四處談笑的學生視線，不走擁擠的中央樓梯，而是從校舍最邊邊的樓梯一路跑上四樓。一來到這個滿是專業教室而沒有人來的樓層後，才舒了一口長氣。

真不知道學校是從什麼時候開始，變得這麼令人透不過氣來？

並不是班上有人霸凌她，也不是說有跟她處不好的學生。她自認成績比平均好上那麼一點點，對運動也並非特別不拿手，外表也算是平均水準。也就是說，在這敷島大學附屬櫻見國中第二學年當中，志帆子應該是個屬於中間階層最中央的學生——但她就是莫名覺得透不過氣來，怎麼想都不覺得這裡是自己的歸屬。

只是話說回來，說不定每個學生多少都有類似的感想。也許每個人都拚命察言觀色，配合旁人，努力不讓自己被旁人視為異物。也許當個國中生，就是這麼回事。

——如果真是如此，那麼我也許還算是幸福的了。因為好歹我在學校裡，還有個小小的地方可以讓我由衷覺得平靜。

志帆子這麼說服自己，打開了烹飪準備室的門。結果她看見牆邊的長椅上已經有兩個客人先到，忍不住苦笑。

「妳們兩個也太快了吧。」

她這麼一說，坐得離她比較近，留著鮑伯頭短髮的女生，就微微倒豎起清晰的眉毛。

「啊，妳這是什麼口氣？明明就是志帆說要開會，叫我們早點來的吧。」

接著坐得比較靠裡面，留著半長髮的眼鏡少女也噘起嘴唇。

「虧我還烤了布朗尼蛋糕給志帆說。」

「咦，真的假的？好，那我來泡個茶！」

「真是的，才不是烤給小登的。」

「小芽人這麼好，不可能沒理由不烤我的份！」

「妳日語根本就錯亂了吧。」

志帆子聽著她們兩人的對話，再度嘴角一鬆，牢牢關上準備室的門。

這個只有相當於三坪的小房間，就是「小登」三登聖實、「小芽」由留木結芽，以及奈胡志帆子等三人所參加的手藝烹飪同好會分配到的社辦。這個同好會是去年才剛創立，所以社員就只有她們三人。

志帆子先把書包放到角落的藤編籃子裡，接著就走向裡頭的迷你廚房。她在正忙著從掛架拿出紅茶罐的聖實身旁，把電茶壺裝滿水，按下開關。在後面的桌子上，則有結芽正在把從冰箱拿出來的布朗尼蛋糕分成三等分。

三人以默契十足的動作俐落地備妥茶水與茶具後，就圍著桌子坐下。由於調理室空間狹長，聖實與結芽背部幾乎碰到收納架，志帆子的背也幾乎貼到牆壁。進行同好會活動時，是可以使用隔壁的烹飪實習室，但由於太寬廣，待起來反而不自在。現階段手藝烹飪同好會就是櫻見國中最小的社團，用這間準備室反而恰如其分。

端起茶杯，喝了一口橘子風味的紅茶後，身心兩方面的僵硬都慢慢消融。

學校雖然令人透不過氣來，但就是因為放學後能在這個「小盒子」裡，和她們兩人共度一段時間，她才有辦法每天上學。有這個就夠了，除此之外她別無所求。

——我本來是一直這麼覺得吧。

聖實用叉子切下一大塊蛋糕，幸福地嚼個不停，結芽則在她身旁將眼鏡橫樑用力往上一推，說道：

「……那，志帆，妳決定好去找他們的日子了嗎？」

「嗯嗯…………」

志帆先以沉吟聲回答，然後也先吃了一片布朗尼蛋糕看看。綿密而濃厚的巧克力風味瀰漫在口中，和橘子茶非常搭。

「……不愧是會長，廚藝又進步了。簡直就像真的巧克力。雖然我已經八年沒吃真正的巧克力了。」

「沒錯吧？訣竅就是要先溶好角豆粉，用黃油仔細攪拌……不對啦！」

結芽先一板一眼地來個自己裝傻自己吐嘈，然後才上半身探到桌子上。

「雖然同好會的會長是我，但團隊的隊長可是志帆妳耶！妳也差不多該做出覺悟了啦！」

「嗚……嗚嗚……可是……」

志帆子一邊用叉子戳著蛋糕，一邊吞吞吐吐地應聲，結果轉眼間就吃完自己那一份的聖實就插了嘴：

「真是的，志帆，妳就不要在那邊龜毛了啦。妳在那個世界說話那麼跩，應該多點自信才對啊！」

「嗚……嗚嗚……可是……」

志帆縮起身體，交互看了看並肩坐著的結芽與聖實。

即使看在志帆子眼裡，仍然覺得她們兩個很可愛。中性的聖實和有知識分子感的結芽，儘管類型不同，但相信她們在整個二年級裡都是名列前茅。面對這樣的兩個人，又哪有那麼容易有自信。

結芽似乎看穿了她這種消極的心思，從背後的架子上拿出桌鏡，放到桌子上。

「志帆妳看，妳明明就很可愛！只要親眼見到面，相信那個烏鴉同學也會當場被妳ＫＯ的！」

「我……我又不是要這樣！」

志帆子趕緊搖頭，視線卻不由得被鏡子裡的自己吸引過去。

這張臉實實在在就像是「平凡」這兩個字擬人化而成。髮型也是非常國中生的中分後綁起腦後的頭髮，身高體重也都是學生的平均值。平凡——平凡到了不尋常的地步。

志帆子無力地攤在桌上，哀嚎著說：

「沒可能。沒～可～能～一旦被對方知道在那個世界說話那麼踐的人，其實是這種貨色，一定會覺得我是個令人看不下去的可憐小孩，直接把我從軍團裡除名……」

「是喔，原來妳有自覺，知道自己讓人看不下……」

聖實這番毫不留情的話說到一半，結芽就從旁往她側腹頂上一記，讓她閉嘴之後，笑瞇瞇地說：

「志帆，不用擔心啦！要比令人看不下去，他們的王可也不會輸啊！」

「妳……這句話絕對別在她本人面前講啊……——不過，怎麼說，這個，我也覺得志帆很可愛。」

「……那妳說說我哪裡可愛啊。」

志帆子微微抬起頭這麼一要求，聖實就隔了一會兒後回答：

「……就像水之屋的餡蜜裡放的乾果一樣可愛。」

「完全表達不出可愛感嘛！」

志帆子再度讓頭重重落到桌上，就這麼喃喃說道：

「……而且對戰虛擬角色叫作『Chocolat Puppeteer』的理由，竟然是對可可過敏而不能吃巧克力，這也太直球了吧……」

「要比這個的話，我可是只因為姓三登，虛擬角色名稱就變成『Mint Mitten』耶！（註：三登的羅馬拼音為「MITO」，和Mint及Mitten兩個單字的日文拼音有些相近）而且我對薄荷（Mint）口味根本不喜歡也不討厭！更別說我全名三登聖實根本就是回文！（註：三登聖實的羅馬拼音為MITO SATOMI，倒過來唸仍是同音）」

聖實嘟起嘴反駁，結芽拍了拍她的肩膀，微笑著說：

「一定是因為小登妳沒有精神創傷，ＢＢ系統才會用妳的姓氏幫妳塑造虛擬角色啦。」

「這樣啊……等等，我明明就有！精神創傷這種東西，我也隨便都拿得出十幾二十個！」

「是喔，例如說？」

「呃……這……等等，妳還不是因為國小的時候被取了個綽號叫『梅子』這種一點都不重要的理由，就變成『Plum Flipper』！」

「才不是！是因為我被梅干的種子卡住喉嚨，差點噎死！」

「都一樣不重要啦！」

志帆子一邊聽著聖實與結芽之間快節奏的一搭一唱，一邊把最後一小塊布朗尼蛋糕送進嘴裡，細細品味。

這布朗尼蛋糕用的原料，不是巧克力片或可可粉，而是用了一種原產於地中海的豆子「角豆」所磨成的粉。是結芽她們為了讓因為過敏而完全不能吃到任何巧克力的志帆子吃，才研發出這種蛋糕。

巧克力會用在各式各樣的點心與飲料當中，所以她從小就為此吃了不少苦頭。還曾經因為不知不覺中吃到巧克力，造成呼吸困難而被送進醫院。然而坦白說，她不想承認這段記憶是這麼深沉的精神創傷，深到足以作為塑造她對戰虛擬角色的模子。總覺得這豈不是說得她好像只是個貪吃鬼。

「……不過也還好啦，就算直接見到面，也不會馬上就聊到虛擬角色的成因（Origin）……畢竟這種事情是隱私中的隱私……」

志帆子像要說服自己似的嘀咕著這幾句話，聖實與結芽就中斷了爭論，同時轉過頭來，連連點頭說：

「就是啊志帆！就說這沒什麼好怕的了！」

「沒錯沒錯。他們人一定很好的，大概啦！」

「而且他們跟長城硬碰硬還打贏了耶！真的超厲害的說！」

「而且對手中還有六層裝甲裡面的五個人耶！」

「……妳們這麼期待見到他們？」

志帆子一問，兩人就對看一眼，緬靦地「嘿嘿」笑了幾聲。志帆子一副沒轍的模樣對她們回以苦笑，然後讓視線在這個小而舒適的烹飪準備室掃過一圈。

她們三個人結成的軍團「小盒子（Petit Paquet）」團名由來，當然就是這間準備室。她們在這裡做點心、聊天，然後連進無限制空間，去見她們的朋友小克。她們不怎麼對戰，更完全不想去招惹領土戰爭，看在其他超頻連線者眼裡，也許會覺得這個軍團都不做正經事，但對她們三人來說，這是她們珍愛的地方，也是她們最寶貴的時間。

但Petit Paquet已經在三天前——七月十二日星期五的傍晚解散。接著她們三個人，都成了支配隔壁杉並戰區的軍團「黑暗星雲」的團員。

翌日她們立刻就參加了領土戰爭，儘管還不習慣，但她認為她們面對綠之團的進攻團隊，已經做得還不錯了。但後來志帆子她們接到了新軍團長黑之王Black Lotus出人意表的邀約，問她們說要不要在現實世界見面聊聊。

她想也不想就先囂張地回答說：「要我考慮考慮也行！」等登出超頻連線後，才在一臉傻眼的聖實和結芽面前苦惱。但後來她思索了整整兩天，迷惘卻仍未消失。

她並非單純害怕觸犯洩漏現實身分的禁忌。畢竟聽說黑暗星雲的七個人從很久以前，就開始在現實中見面，而且真要說到暴露現實身分的危險，加速世界最大的叛徒黑之王所承擔的風險多半遠比她們還高。反而應該當作這是黑之王信任志帆子等人的表現。

其實她不是迷惘，而是害怕。她沒有勇氣以奈胡志帆子那「平凡 of 平凡」的模樣，站在堪稱加速世界活傳奇「絕對切斷」Black Lotus與「超空流星（Stratos Shooter）」Sky Raker，以及Silver Crow等人面前。

志帆子把手伸向放在桌上的鏡子，輕輕放倒後，嘆了已經不知道是第幾口的氣。

志帆子當上超頻連線者，是在兩年前，她就讀國小六年級的時候。「上輩」是同班的聖實。

她們的交情並非特別要好，反而幾乎不曾說過話，所以聖實第一次找她說話時，她就嚇了一跳。等到被她帶去校庭角落問說：「妳喜歡遊戲嗎？」自然更加震驚。

當上超頻連線者過了一陣子後，她問起聖實為什麼會想收她為「下輩」，但聖實只笑著回答：「因為直覺。」當時她覺得似懂非懂，但後來當她在學校圖書室找到正在讀甜點食譜書的結芽時，自己也有了這樣的直覺，所以說不定還真是這麼回事。

當志帆子中斷思索，正想泡個茶繼續喝而要起身時，聖實就以不同於平時的平靜嗓音開了口：

「我啊……」

志帆子重新坐好的同時，結芽也把身體向右轉，看著聖實。

「我啊，現在能和志帆跟小芽在社辦聊聊天、吃吃點心，真的讓我覺得好高興。妳們想想，我們本來已經不能再這樣了。」

她舉起修長的右手，隔著水手服的絲帶，按住胸口正中央。結芽也跟著做出同樣的動作。

「坦白說，被ＩＳＳ套件寄生時的事情，我已經記不得多少。雖然志帆好心說儘管忘掉沒關係，而我也想忘掉……可是，我不能全部忘掉。我和小芽，差點就要對志帆還有小克做出很過分的事……做出挽回不了的事情。然後全靠碰巧經過的Silver Crow和Lime Bell救了我們。這件事，我絕對絕對，不能忘記。」

聖實閉上嘴後，結芽與志帆子都緩緩點頭。聖實露出淡淡的微笑點頭回應，繼續說道：

「……我的『上輩』就是住在附近的姊姊，但她給了我BRAIN BURST的兩個月後，就點數全失了。當時我覺得好寂寞，好無助……後來好一陣子都沒有心情對戰，一直關掉全球網路連

線。有時候還覺得，這種遊戲乾脆就別再玩了。可是，我對加速世界還是很眷戀……因為說來說去，我還是挺喜歡自己的虛擬角色。」

聽她這麼說，兩人再度深深點頭。對戰虛擬角色並非單純只是遊戲角色，更是從自己心中塑造出來的，獨一無二的分身。

「……就在我自閉的那陣子，班上發生了一個小小的事件。在營養午餐時間，有個白痴男生愛鬧，把巧克力醬淋在一個對可可過敏的女生分到的麵包上。結果這個女生就喊說：『你自己吃！』，把這個麵包砸在這個白痴男生臉上，白痴滿臉巧克力色下跪磕頭。那次真的讓我覺得好痛快。」

一聽到這裡，志帆子就覺得滿臉發熱。她隱約記得小六時，似乎也不是沒發生過這回事。她上身微微後仰，對聖實問說：

「…………該不會，就是因為這件事？」

「嗯，就是這件事觸動我的直覺。以前我一直覺得她是個乖巧，不起眼的女生，但那一次就讓我覺得這女生真是個鬥士。然後我的預感也沒錯，這個女生安裝ＢＢ成功，甚至還很快就收了自己的『下輩』。那個時候我真的好高興……」

聖實以細細回味的表情喃喃說到這裡，讓志帆子也忍不住就要眼眶含淚，聖實卻眨了眨眼睛說：

「說到這個，志帆和小芽為什麼可以通過BB安裝條件？就是出生後要立刻開始戴神經連結裝置那個。」

「哪有人到這時候才問的！」

她先在椅子上跌倒一下，然後才清了清嗓子回答：

「我有點早產，所以是為了監控生命跡象。記得小芽是為了早期教育吧？」

「是啊，雖然好像沒什麼效果。」

她帶得眼鏡反光後嘻嘻一笑，但她們三人中，無疑就屬她成績最好。

「那，小登又是為什麼？」

聖實被結芽反問，有點尷尬地回答：

「我……我也是為了，妳說的那種教育。」

「這樣啊……還真是沒效啊……」

「嗯……等等，小芽，輪不到妳來說！而且我本來明明是在講很溫馨的事情講到一半！妳閉嘴乖乖聽啦！」

聖實先在長椅上手腳亂揮了一陣，然後才歪著頭說：「我剛說到哪了？」。志帆子吞下嘆息，幫忙重啟話題。

「說到我和小芽成了超頻連線者，小登感動得大哭。」

「我……我才沒有哭！……呃，也就是說，我想說的是……雖然我們在系統上算是暫時解散，但我超超超喜歡『Petit Paquet』的。然後我對這個軍團差點要瓦解的時候，救了我們的烏鴉同學和Bell，也都超超超感謝的。所以我，想和他們並肩作戰。然後……如果在現實世界也能和他們交朋友，那我一定要交上這些朋友。」

一聽到她這麼說，志帆子驚覺地抬起頭來。

聖實說志帆子願意當超頻連線者，讓她很開心。但其實志帆子才是得到救贖的一方。因為她終於得以在這個只讓她覺得透不過氣來的世界裡，找到一個讓她打從心底覺得自在的地方。

沒錯——Petit Paquet和這間準備室，對志帆子來說就是避風港。只要待在這裡，她就不用害怕任何事物，能夠放心將空氣深深吸進整個胸腔。

可是，她不能一直把自己關在小小的盒子裡。無論在加速世界，還是現實世界，都沒有任何事物會恆久不變。必須打開盒蓋，去到外面的時候，遲早總會來的。無論多麼痛苦，都必須努力呼吸，往前邁進的時候，一定會來臨。

其實這個時候也許早就已經來臨了。就從一隻白色的烏鴉在無限制中立空間突然飛下來，朝志帆子伸出手的那一瞬間起。

志帆子再度陷入沉思，同時怔怔看著自己右手，結芽就忍著笑意說：

「啊～志帆在回想被烏鴉同學舔舔的情形了。」

「什……才……才不是！我只是在想等我在現實中見到他，一定要狠狠賞他一拳！」

志帆子握緊右拳，猛力站起來宣告：

「我決定了！明天放學後就去杉並！」

「「喔喔～～」」

聖實與結芽異口同聲地鼓掌過後，就開始你一句我一句地搶話。

「那我們就做些點心當伴手禮帶去吧！我喜歡撻類啊，撻類！」

「既然都是要做，乾脆就做些像是我們虛擬角色的點心吧。就做薄荷起司蛋糕～還有梅子撻～還有角豆的巧克力蛋糕吧～～」

「好，我們就先去站前的食品材料行採買，然後再去小芽家！」

「我們走！」

兩人用力伸出右手。

「這要花幾個小時來做啊……」

志帆子一邊吐嘈，一邊抬頭望向廚房最深處的小窗口。鳥影從開始微微染上橘色的夏日天空中迅疾飛過。

「……就算梅雨季過了，也不必突然就這樣火力全開吧……」

5

春雪背上承受著像是在慢慢把人烤熟的西陽，發起了牢騷。他先照顧完小咕才離校，所以時刻已經過了下午四點。顯示在虛擬桌面的氣溫是正好三十度。他滿心想分秒必爭地回到自己家，衝進冷氣開得涼爽的大廳，但今天在回家前，他必須先完成一項任務。

七月十七日，星期三。

春雪瞪著顯示在氣溫底下的日期，一根根彎起右手手指數著。不管數幾次，得出的結果都是關鍵的星期六將在三天後來臨。

星期六的上午，就是期待已久的第一學期結業典禮。多虧黑雪公主幫忙開了超難模式讀書會，讓春雪在期末考考出了奇蹟般的好成績，所以這次他對成績單這件事並不怎麼憂鬱。雖然到了暑假，就沒辦法像現在這麼頻繁地見到黑雪公主，但他還是會去學校照顧小咕，相信到時候也會有機會見到。而且到了八月，更有著令人開心得過火的計畫，就是大家要一起去山形旅行。

如果只有這些事情，相信春雪也會覺得只希望星期六趕快來，但問題在於下午。在當天下午四點開始的領土戰爭中，黑暗星雲終於要以長城交還的澀谷第二戰區為橋頭堡，進攻港區第三戰區。進攻白之團震盪宇宙的領土——也是加速研究社的大本營。

具體的步驟，就是先由黑暗星雲登記進攻澀谷第一戰區，到了四點前片刻，長城放棄領土。到時候只要沒有其他進攻團隊登記——現階段預測應該是不會有——澀谷第一戰區就會兵不血刃地成為黑之團領土，緊接著他們就要登記進攻隔壁的澀谷第二戰區，綠之團再度放棄。這樣一來，從下午四點後不到一分鐘，兩個戰區就會交還給黑暗星雲。

緊接著春雪等人組成的進攻團隊，將會從現實世界闖進港區第三戰區，同時登記進攻。震盪宇宙當然理應會登記好防守團隊，所以到了這一步，真正的領土戰爭才終於要正式開打。一旦打贏，港區第三戰區就會插上黑旗，白之團的「對戰名單阻隔特權」就會失效。到時候再查看名單，只要加速研究社有任何一個成員的名字出現在上面，他們就可以正大光明主張白之團就是加速研究社。

作戰的流程大概就是這樣，但還有兩個問題需要解決。

第一，就是要請誰來擔任第三方的對戰名單查看者，也就是「督察員」的角色。

這將是最關鍵的證人，所以非得是有地位有人望的超頻連線者不可。而且必須將黑暗星雲進攻震盪宇宙領土，也就是他們認為震盪宇宙就是幕後黑手的事實，事先告知這個人，所以必須是能夠確定不會洩漏機密的對象才行。另外長城將被視為黑暗星雲的幫手，所以也不能找綠之團的人。根據同樣的理由，相信日珥也不行。

這樣一來，剩下的大軍團就只有藍（獅子座流星雨）、紫（極光環帶）、黃（宇宙祕境馬戲團）。三者都和黑暗星雲都稱不上友好，但紫與黃都明確敵對，所以用刪去法後就只剩下藍之團一擇。但總不能去拜託藍之王Blue Knight本人，所以非得找個高階團員暗中交涉不可。

第二個問題，就是進攻港區第三戰區的團隊要如何編組。

最理想的情形當然是讓黑暗星雲傾巢而出。港區分為三個戰區，即使假設震盪宇宙會把防衛戰力平均分配，相信至少也會對上幹部「矮星（Seven Dwarfs）」當中的兩人，另外一般團員應該也會各有個十人左右。

領土戰爭的參加人數，原則上是由進攻方配合防守方。如果防守方人數較少，系統也會自動配合來調整進攻方的人數，但若防守方人數較多，則會直接開打。也就是說，如果估計震盪宇宙的防守團隊是十二人，那麼進攻方也就得湊出同樣的人數，否則就無法在人數不處下風的狀態下開打。

但現在黑暗星雲即使把剛加入的Petit Paquet算進去，總人數也只有十人。即使以全團團員進攻，相信還是防守方的人數比較多。而且至少也得留下三個人來防守杉並戰區不可，所以能夠遠征港區的人數也就只有七個人。

在昨天的會議上，黑雪公主鬧著說：「我也要去！」鬧了好一會兒，才終於在眾人拚命的說服下制止了她。因為如果萬一震盪宇宙的防守團隊是由白之王White Cosmos本人所率領，就會當場演變成王見王的最終決戰。

黑雪公主主張領土戰爭中不會發生超頻點數的轉移，所以9級一戰定生死規則也不會套用上去。但既然這個情報未經確認，他們就不能讓軍團長去冒被瞬殺的風險。光是星期天那場長城之間的亂鬥，就已經讓春雪滿心不安。既然這次要對上的是明確敵對的白之王，說什麼也要讓黑雪公主在星期六自制住。

令人意外的是，最終讓黑雪公主認同的，竟是第一次在現實世界中參加會議的Chocolat Puppeteer——奈胡志帆子。她在現實世界中不但少了囂張的口氣，反而顯得正經八百而且很有禮貌。她就以看著耀眼事物般的眼神，正視黑雪公主說：

「與知心好友的關係被斬斷，是非常令人難過而且悲傷的事情。我想，這多半就是加速世界裡最令人悲傷的事。我們之所以請黑暗星雲收編我們，就是因為再也不想讓任何人經歷這樣的悲傷。我明白星期六的一戰非常重要，但我認為更重要的是，在場的各位以後也要一直繼續當超頻連線者。」

志帆子曾經因為ＩＳＳ套件，差點失去在現實世界也是好友的Mint Mitten——三登聖實與Plum Flipper——由留木結芽，這番話由她說出口，自然有著足以讓黑雪公主點頭的分量。雖然說不定也有一部分理由，是出在她們帶來給大家吃的三種手工蛋糕全都好吃得驚人。

「……手藝烹飪同好會啊……好好喔。不知道是不是每天都可以在學校做那麼好吃的點心來吃……」

春雪一邊反芻他最中意的「角豆巧克力蛋糕」那濃郁的滋味，一邊忍不住喃喃說出這番話，這才搖搖頭揮開這些想法。不知不覺間，他已經走到新青梅大道與環狀七號線的立體交叉路口，如果要回家，現在就要左轉，但為了達成今天被賦予的任務，他就非得穿越環狀七號線去搭公車不可。

「嘶……呼……」

春雪一邊等紅綠燈，一邊反覆深呼吸，想儘可能減輕心理壓力，結果──

【UI＞加油！】

視野中突然跑出這麼一串聊天字串，讓春雪忍不住上身後仰。

「嗚喔咦！」

他緊張地轉身一看，就在眼底看見十五分鐘前離開學校時才剛道別的「超委員長」四埜宮謠的笑容。

「四……四埜宮學妹，為什麼？妳不是回家了嗎？」

春雪震驚地連連眨動雙眼，但這個穿著純白連身洋裝款制服，背著咖啡色書包的謠，怎麼看都是真貨。她剪齊得十分清爽的瀏海下，額頭上一滴汗珠都沒有，但這差異多半不是來自AR影像，是來自精神修練。

她小小的雙手手指以超高速閃動，讓聊天視窗捲動。

【UI＞我是看有田學長似乎很緊張，所以就把東西寄放在新高圓寺站的置物櫃，然後追過來。】

「咦……那，妳一直在我後面？」

【UI＞剛才你的自言自語，我也都聽得清清楚楚。有田學長，你該不會想辭掉飼育委員會，加入烹飪社吧？】

看到謠可愛地噘起嘴唇，春雪趕緊搖著頭回答：

「才……才沒有，一點都沒有，完全沒有！倒是……對不起，讓妳操心了……妳家明明是反方向，卻還特地跟到這麼遠來送我……」

這次換謠露出睜大眼睛的表情，然後再度動起手指。

【UI＞我不是來送你的啊。如果只是送你一程，我不會去寄放東西。我當然也要一起去！】

「唔喔咦！」

春雪只能再度怪叫。

過了環狀七號線，搭上EV公車，在兩人座的椅子上並肩坐好後，春雪才鬆了一口氣。車內的冷氣不強，但比起外面超過三十度的氣溫，簡直就像天堂。等汗水終於漸漸消退，他才忽然好奇起一件事，對身旁的謠問起：

「說到這個，梅鄉國中的飼育小木屋沒有裝空調，小咕不怕熱嗎？」

【UI＞牠是南方血統的角鴞，所以還挺能抗炎熱的，但冬天就需要有暖氣了……看是要在現在的小木屋裡加裝太陽能面板，還是只有冬天搬去別的地方，這件事我們也找幸幸一起商量看看吧。】

「這樣啊……畢竟牠是非洲原產的嘛。我也會先去查一下，看加裝太陽能暖氣系統要花多少錢。」

【UI＞麻煩你了，委員長。】

謠露出滿臉微笑，雙手放回膝上。

公車在新青梅大道上往東開，過了東高圓寺站那一帶，就會開進中野第二戰區。

獅子座流星雨會為了進攻杉並，只在星期六的領土戰爭時間裡暫時占領這裡，但基本上這裡還是空白戰區，所以連平日傍晚也有很多人在這裡對戰。

春雪第一次和Wolfram Cerberus對戰，也是在這中二區。回想起來像是很久以前的事，但其實還只是三週前發生的事情。但這三週內實在發生了太多事情，Cerberus至今仍未在加速世界再度現身。

從仁子身上搶走「無敵號」推進器的，是CerberusⅢ，也就是Dusk Taker複製體，但系統上推進器應該仍屬於Cerberus Ⅰ所有。可以想見災禍之鎧Mark Ⅱ仍然殘留在推進器上，遠超出ＩＳＳ套件終端機的龐大負面心念能量，不可能不對現實世界的Cerberus造成惡性影響。

在高圓寺Look商店街的喧囂中只邂逅了短短一瞬間的Cerberus，年紀似乎比春雪要小了一兩歲，是個個子小，看起來很和善的少年。儘管他是在「人造金屬色角色計畫」這種不人道的實驗下成為超頻連線者，但他清澈的眼神中卻有著強而有力的光。Cerberus對春雪微微一笑，雙手合攏在身前深深一鞠躬後離開的身影，至今春雪仍然一閉上眼睛就歷歷在目。

今天的目的地是比中野第二戰區更過去的新宿第三戰區，不過等進了中野之後，就先加速一次，查看一下對戰名單看看吧。說不定Cerberus的名字會在上面——

春雪正想著這樣的念頭，謠就再度敲打投影鍵盤。

【ＵＩ＞有田學長，我們就趁進中野戰區之前先組成搭檔吧。】

「咦……？」

【ＵＩ＞要是落單，我想鴉鴉一定會被很多人挑戰個不停。】

「會……會嗎……最近我其實不太有在進行自由對戰……」

【ＵＩＶ就是因為這樣啊！鴉鴉在梅丹佐攻略戰中非常活躍的這件事，已經傳得沸沸揚揚，我想應該會有很多人想找你問清楚。】

「哇啊啊……我幾乎沒有什麼可以透露的啊……」

眾人想知道的，多半就是春雪如何擋住梅丹佐的瞬殺雷射。他不能將「光學傳導（Optical Conduction）」的性能與弱點胡亂說出去，但要謊稱他照眾人的要求學會「理論鏡面（Theoretical Mirror）」，又覺得說不過去。再加上大天使梅丹佐本體的存在，以及她如今已是黑暗星雲的一員，這種種事實都是絕對不能洩漏出去的。

春雪一邊看著東高圓寺站的招牌從東邊的車窗溜過，一邊加快速度說道：

「那……那就麻煩妳登記一下。」

【UI＞了解！】

兩人同時按下虛擬桌面上的BB圖示，從主控台指定對戰搭檔。這樣一來他們就會以搭檔的形式出現在對戰名單上，姑且不論Silver Crow，看到Ardor Maiden的名字還敢來挑戰的強者，應該是寥寥無幾。

萬一在對戰名單上發現Wolfram Cerberus，將會導致春雪無法主動挑戰，但到時候只要講出理由，請謠暫時解除搭檔設定就行了。

「這個，四埜宮學妹，等過了戰區邊界，我想查看一下對戰名單。」

春雪按掉主控台畫面，輕聲這麼一說，謠就以彷彿看穿了一切的眼睛看著春雪，點了點頭。

三十秒後，慢慢開在左車道的ＥＶ公車，從杉並區開進了中野區。

春雪閉上眼睛，祈求奇蹟降臨。照常理推想，Cerberus的主場應該是在港區戰區，不會沒來由地遠征到中野來。如果身上宿有災禍之鎧的Cerberus回歸對戰的戰場，這反而表示加速研究社的圖謀再度有了進展，絕非值得欣喜的事態。

即使如此，春雪還是無法不去祈求。他就是無法不去相信只要能夠再見一面，再次以拳交心，一定能把Cerberus從無邊的黑暗中拉回來。

春雪深深吸一口氣，準備低聲喊出超頻連線——卻有人快了他一步。

啪——！的一聲加速聲響直貫腦門。視野中一串告知挑戰者出現的火焰文字熊熊燃燒。是有人來挑戰春雪與謠的搭檔。

停在道路上的ＥＶ公車就像消融在空氣中似的漸漸消失。蓋在大道兩側的大樓也都陸續消失，午後的夏日晴空急速轉為昏暗。

用罩著銀色裝甲的雙腳踏上的地面，長著比膝蓋還高的細草。放眼望去，隨風飄逸的草原之海一路延伸到視野的盡頭。

「這是……草原空間。」

身旁的巫女虛擬角色有點懷念似的這麼說。這時春雪才想起，他第一次和謠組成搭檔，和Bush Utan&Olive Glove對打時，也是抽到草原空間。

中野第二戰區往南還會鄰接澀谷戰區，所以這次的對戰者有可能也是Utan他們。又或者也可能是獅子座流星雨著名的搭檔Frost Horn&Tourmaline Shell。春雪有點狐假虎威地心想，就不知道是哪個不要命的傢伙敢來挑戰「劫火巫女」Ardor Maiden，抬頭看向視野右上方的體力計量表，結果當場發出今天第三次的「唔喔咦！」叫聲。

分成兩段顯示的計量表，上段寫著「Cobalt Blade」。

下段則清楚地刻著「Mangan Blade」這個名字。

「她……她們怎麼會跑來中二戰區？」

春雪正嚇得後仰上身，謠就雙手一拍。

「不愧是鴉鴉，籤運真好。這樣一來，就省得我們大老遠跑去新宿戰區。」

「不……話……話是這麼說沒錯啦，可是我本來是打算兩邊都當觀眾來談話……」

「當觀眾時一旦對戰結束，就會當場被中斷，但對戰者與對戰者之間，就可以講滿三十分鐘。只是話說回來，她們兩位從一開始就答應純談話的可能性，應該是很低的。既然她們主動挑戰，我想也只能應戰了。」

「就……就是說啊……可是，該怎麼打……」

春雪對年少的高等級玩家徵詢意見，但謠眨動水汪汪的鏡頭眼回答：

「我是鴉鴉的隨從，所以就聽鴉鴉的指示應戰。」

「……好……好的……」

春雪隱約料到她會這麼說，所以點了點頭，放眼望向對戰空間。

遼闊的草原上，有三三五五的虛擬角色站在很遠的地方，但想來這些人應該是觀眾。春雪凝神觀看，但很遺憾的並未在其中找到Cerberus的身影。

重疊顯示在視野下方正中央的淡藍色導向游標，都直指正北方靜止不動。這表示對手站在出現位置一動也不動──再不然就是正直線接近。既然挑戰者是鈷錳姊妹，想來應該是後者。

除了諸王以外，對手多半就是當今加速世界最高水準的近戰型搭檔。如果拘泥於要取勝，那麼活用對戰從遠距離開始的優勢，貫徹游鬥，用謠的火焰箭單方面地攻擊，應該才是最佳的策略。

但春雪特意留在出現地點。這無異於放棄一項優勢來迎戰超級強敵，但純就這個空間屬性，以及這個組合而言，打到後半時應該會有著能夠一舉逆轉的祕招。

「呃，那，前期就請妳想辦法撐住。我來應付錳姊，鈷姊就麻煩小梅了。」

春雪做出覺悟，下了這樣的指示。但巫女輕輕歪了歪頭問說：

「……請問哪一個是錳姊，那一個是鈷姊？」

「咦……呃……裝甲比較藍，頭上裝飾是雙馬尾的就是鈷姊；有點偏綠，像是單馬尾的就是錳姊。」

「了解！」

謠點了點頭，緩慢地舉起長弓。

同時春雪感覺到一陣冷風從北邊吹了過來。不對，不是這樣，從草被風吹的方向來看，對戰空間中吹的是南風。這是精鍊到極限的鬥氣，又或者是高等級玩家的資料壓。

春雪往北方凝神觀看，看見的是兩個人影以滑行般的動作，從被夕陽照得發出金綠色光芒的草原之海中迅速接近。

Cobalt Blade與Mangan Blade。擔任藍之團團長Blue Knight左右手的雙胞胎劍士。仿武士造型的重裝甲充滿了威壓感，佩掛在左腰的刀又長又大，明明尚未拔刀，卻讓人切身感受到一種剃刀般的鋒銳。

兩人在距離約十公尺的地方停下腳步後，自動傳送功能讓周圍的觀眾人數一口氣大增。春雪再仔細看了一次，但仍然沒看到Cerberus。

換作是平常，相信觀眾已經開始大肆吆喝，但今天或許是被兩名劍士的魄力震懾住，每個人都靜靜等待開戰的時刻來臨。

春雪吞了一口口水，然後抱著會被打回票的心情打算開口提出商量事項，但是在他開口之前，Mangan Blade清脆的聲音就傳了過來。

「Silver Crow，你升上6級啦？」

這句意想不到的台詞，讓春雪忍不住輕輕一鞠躬。

「啊……是……是的，謝謝……」

「不要誤會，我不是在祝福你！」

Cobalt Blade立刻喝叱，讓春雪嚇得縮起脖子。頭盔有著雙角（雙馬尾）的劍士，立刻朝著春雪一指，一字一句細細說給他聽：

「4級還是小孩，5級才算是新手，但到了6級，我可不會再當你是前髮。」

「……請問，前髮是什麼意思……」

春雪低聲一說，謠立刻從旁解釋：

「指的就是元服之前，還沒剃掉前髮的年輕武士。」（註：元服即為成人禮，前髮就是瀏海）

「原……原來如此。」

春雪連連點頭，下一瞬間又被Mangan罵了。

「你這小子，給我好好聽人說話！」

雙胞胎劍士同時右手按上刀柄，完美地異口同聲喊道：

「「既然是6級和7級的搭檔，就夠格當我們的對手！我們刀下見真章！」」

——看這樣子，要說有事商量所以對戰下次再打，她們是絕對聽不進去的。

春雪下定決心，對搭檔做出簡短的指示：

「就照剛才的計畫，請撐到計量表集夠為止！」

「好的！」

Ardor Maiden將長弓的弓弦拉到一半——

然後朝並肩站立的兩名劍士中的右側，也就是雙角的Cobalt Blade衝了過去。

「什麼！」

春雪再度驚呼出聲，但狀況不容他發呆。他立刻跟著Maiden衝刺，對左側的Mangan Blade展開先制攻擊。

兩名劍士又以完全同調的動作握住刀柄，身體猛然往前壓。春雪預測到這會是拔刀斬，覺得體幹變得像冰一樣冷。

這是他第一次和Mangan交手，而春雪與其他持劍對戰虛擬角色對戰的經驗，其實也不怎麼多。因為他身為飛行型角色，無論如何就是容易對上使用槍械的對手。

但春雪有著加速世界最強劍手作為師父，也曾數次和她交手，這個自信讓他敢留在地上應戰。無論Mangan的斬擊多麼犀利，都不可能凌駕在黑之王Black Lotus的「終結劍」之上。要克服恐懼——往前進！

「「叱！」」

Cobalt與Mangan同時拔刀出鞘，連一毫秒的誤差都沒有。

春雪利用草原易於滑行的性質，做出滑壘動作，鑽過了Mangan水平的一閃。這一刀掠過他的鏡面護目鏡，耀眼的火花燒灼他的視野。

右側的謠則不帶預備動作輕輕跳起，跳過Cobalt的一刀。看樣子她雖然屬於純粹的遠戰型，卻是真心想和「藍中之藍」的女武者來一場接近戰。

兩名劍士以離譜的速度，將往右揮到底的刀收回上段，接著就是一刀下劈。

「「剎！」」

一旦停下滑壘動作，頭盔就會被劈成兩半。春雪直覺到這樣的結果，用掉剛才被刀劃傷而賺來少少幾個像素的必殺技計量表，讓背上的翅膀振動了一瞬間。翅膀發生的推力加快了滑壘動作，讓整個虛擬身體衝向下劈的刀刃正下方。

又是鏗一聲小而尖銳的金屬聲響，刀刃掠過頭盔頂部，但這記上段斬就在這裡停住。被切斷的草高高飛起，春雪則縮起身體，從Mangan跨下溜了過去，雙手抓住兩邊的草來緊急煞車。

——小梅那邊呢？

春雪一邊跳起，一邊將視線往左一瞥，結果看見的是……

Ardor Maiden以愛弓「火焰召喚者」手握處的上半部分，穩穩擋下了Cobalt Blade的上段斬。

這時雙胞胎劍士的同調動作才終於亂了。

「嗚……！」

Cobalt悶哼出聲，不再用刀刃與弓交擊，往後跳了開去。

即使強化外裝的位階不相上下，若要比拚虛擬角色的力氣，Cobalt肯定在Maiden之上。只要繼續較勁下去，要靠蠻力連弓帶刀硬壓下去，劈開Maiden的裝甲，應該也是辦得到的。

Cobalt之所以不這麼做，還自行拉開距離，理由就在於謠用左手擋住刀的同時，右手拉弦而創造出來的深紅色火焰。一旦被她從短短幾十公分的間距瞄準頭，射出熊熊燃燒的火焰箭，那就避無可避。

謠從極近距離，朝跳開的Cobalt射出火焰箭。但敵人也不是省油的燈，橫過刀身漂亮地擋住了箭頭。飛濺出來的火焰，將黃昏的草原照得爛紅一片。

春雪一邊以眼角餘光追蹤搭檔的攻勢，一邊也朝Mangan猛衝過去。他打算趁將刀揮到底的武者恢復能揮刀的姿勢前就拉近距離，逼對方和他打零距離的超近身戰。雙胞胎的刀是刃長約達八十公分的太刀，一旦進入貼身狀態，應該就無法正常揮動。

「喝……！」

春雪一步深深跨到Mangan腳邊，打出一記右鉤拳。雖然這一拳被她以護手擋住，但緊接著又以左掌打向軀幹。對方用持刀的右手來不及防禦，裝甲薄弱的側腹部被打中，Mangan的體力計量表終於微微減少。

「真會玩花樣！」

武者咒罵一聲，用刀柄柄頭想把春雪的臉往上撬。但春雪早已從和拓武的對戰中經歷過這種攻擊，他以右蹲身閃過這一下，順勢以左膝踢再度頂上她的軀幹。

這一下也頂個正著，但正因為頂得太紮實，反而把Mangan頂了開去。武者利用這一頂撞出的距離，就要朝他的顏面使出一記短劈，但春雪在千鈞一髮之際，將先前滑壘煞車時抓在右手的一束草，扔到了Mangan臉上。現成的障眼法讓這一刀的去勢微微一亂，春雪從這一刀底下鑽過，再度貼了上去，以短拳連打不斷削減她的計量表。

另一邊的Ardor Maiden，跟Cobalt打起接近戰也絲毫不落下風。

Maiden不像Silver Crow貼得那麼緊，卻仍能持續避開武者的斬擊，理由就在於長弓壓倒性的連射火力。

火焰召喚者不需要「從箭筒抽箭，搭上弓弦」的動作。只要將弦拉到一定程度，就會瞬間生成火焰箭。就春雪看來，連射速度已經超過每秒一發。儘管由於弓弦並未拉到底，威力似乎不算強，但這樣的彈幕已經足以阻止Cobalt接近而有餘。

到了對戰開始後的兩百秒，Crow與Maiden的體力計量表都還維持在九成以上，但Cobalt與Mangan的計量表則都減少到七成左右。

當然春雪也不認為可以就這麼一路領先到最後。然而只要在局面改變之前——也就是在敵人開始使用必殺技之前，把計量表打掉五成，勝算就會變得相當高。

「上啊……！」

春雪對自己短短喝叱一聲，朝地面一蹬。他是想使出利用背上翅膀瞬間推力的高速三次元連打的「空中連續攻擊（Aerial Combo）」。

然而——

也許不只是春雪，連謠也並未注意到。沒注意到明明正個別應戰的Cobalt Blade與Mangan Blade，不知不覺間已經互相背向著慢慢接近。

「殺————！」

一陣撼動大氣的喊聲中，眼前的Mangan將右手握住的刀橫劈到底。

如果是和以前一樣的水平斬，應該可以拉近距離閃過。但春雪不需要閃。因為Mangan這一刀不是劈向她身前的春雪，而是看也不看一眼，就往自己身後劈去。

這個令人意想不到，而且怎麼想都覺得完全沒有意義的動作，讓春雪的思考僵硬了一瞬間。也正因為如此，才讓他對於從視野外飛來的另一把刀反應慢了半拍。

「嗚啊！」

一陣燒灼般的衝擊湧向右臂，讓春雪發出哀嚎。刀刃深深砍進裝甲，濺出深紅色的損傷特效火花。要是再多往前踏上一步，相信整條手臂已經被卸了下來。

就在同時，Mangan後方傳來謠小小的呼聲。這時春雪才總算猜到發生了什麼事。是背部緊緊相貼的Mangan與Cobalt，同時揮刀劈向自己的身後。這兩刀完全從意識之外來襲，讓Cobalt的刀逮到了春雪，Mangan的刀則逮到了Maiden。這一下最可怕的，是雙胞胎劍士那不用打任何信號，甚至彼此間都看也不看一眼，就同時攻擊身後敵人成功的默契。只要呼吸有零點一秒的偏差，相信揮出去的刀已經砍在她們自己人身上。

春雪為了避免被乘勝追擊而拉開一大段距離，但Mangan並不跟上。他隔著同樣站著不動的Cobalt看去，查看Maiden的情形，看到她似乎也是右臂中刀。她停止連射火焰箭，拉開了距離。

雙胞胎劍士維持背部互相緊貼的狀態，將太刀穩穩舉在中段不動，接著就由Mangan先開了口：

「我已經好久沒有被格鬥型的角色打成這樣了。看樣子你並不是都在賺些沒有內容的點數啊，Silver Crow。」

接著Cobalt也對謠說：

「真沒想到會在接近戰裡被弓箭手這麼戲耍，真不愧是加速世界中威名遠播的『緋色彈頭』Ardor Maiden。」

「可是，如果就這麼被你們打不還手，我們可沒有臉回新宿。」

「我們可也要翻出底牌了。」

雙胞胎武者默契十足地說完話，以平緩的動作收刀入鞘。

但這顯然不是停戰的信號。因為兩名劍士沉腰站定，腳邊噴出鋼鐵般的鬥氣，讓四周的草叢劇烈搖動。由於並未發光，也就不會是心念的過剩光（Overray），但春雪仍然感受到一種彷彿面臨心念攻擊威脅的戰慄，一口氣喘不過來。

挨到下一發攻擊就不妙了。

春雪直覺感受到這點，判斷己方也已經是時候該使出「一舉扭轉局勢的底牌」，於是張開背上的翅膀。必殺技計量表是春雪已經集到六成，謠則集到七成。儘管未能集滿，但這樣應該已經夠了。

「——正合我意！」

春雪朝兩名劍士這麼一喊，緊接著蹬地而起。他作勢要直衝過去，卻又轉為往右大幅度迂迴，繞到Cobalt正面。

「小梅！」

謠以受傷的右手，抓住他邊呼喊邊伸出的右手。緊接著春雪全力垂直攀升。

春雪本來預料Mangan會趁他去接Maiden的瞬間展開攻擊，但雙胞胎劍士完全不為所動，讓他有種撲空的感覺，但仍一口氣攀升到五十公尺的高度。

他雙手抱著Maiden，轉移為懸停狀態，俯瞰對戰空間。在被夕陽照亮的遼闊草原正中央，可以看見兩名劍士的身影小得像是豆粒。

以前搶走Silver Crow銀翼的強敵Dusk Taker，就曾經自豪地說：「飛行能力跟遠距離火力的組合實在太美妙了。老實說我根本無敵了。」

春雪不認為算是無敵，但面對兩名「近戰的藍色」組成的搭檔，只要弄成這個狀況，可說九成是贏了。因為他們可以從敵人的刀刃絕對砍不到的高空，靠謠的火焰箭單方面地攻擊。而且這裡是幾乎毫無掩蔽物的草原空間，甚至無法找地方躲。

——可是，這樣打贏真的好嗎……

他懷裡的謠似乎感受到了春雪這一瞬間的遲疑，說道：

「無論演變成什麼樣的狀況，都不要忘了對對方的敬意，竭盡自己的全力。這才是對戰最根本的意義啊，鴉鴉。」

謠以受傷的右手，拉起指向下方的火焰召喚者弓弦。這次弓弦不像先前只拉到一半，而是拉到極限，創造出來的火焰箭熊熊燃燒，蘊含著駭人的力量。

即使被這紅蓮烈焰瞄準，地上的雙胞胎劍士仍手握刀柄，不為所動。

相信她們多半是打算以通常攻擊迎擊Maiden的通常攻擊，以必殺技迎擊她的必殺技。只要能撐到春雪的計量表耗盡，再也無法飛行，獲勝的就會是她們。

謠從春雪懷裡輕輕說了聲：「我動手了。」。春雪為了因應必殺技的發動，將兩邊翅膀張到最大，以保持姿勢穩定。

就在這一剎那……

五十公尺下方的Cobalt與Mangan異口同聲呼喊：

「『無遠弗屆（Rangeless Siege）』！」

招式名稱。但謠尚未發射火焰箭。她們是靠預判先行出招？還是說，該不會？

當春雪瞬間想到這個可能，兩名武者已經以完美同調的動作將左腰的刀直揮到底。藍色的閃光構成十字形的光芒，接著春雪感覺到身體兩側都吹過了一陣比冰還要冷的風。

高度猛然下滑。他趕緊試圖提升翅膀的推力，但止不住平緩的下降。春雪反射性地回頭一看——看見的是被斬斷半截的銀翼，反射著夕陽而無聲無息往下掉的光景。體力計量表則晚了一步，現在才一口氣減少了兩成以上。

——中刀了？明明離了五十公尺以上耶！

——就算是必殺技，持劍近戰型角色的招式，不可能會有這種槍械級的射程距離……

思路被驚愕所占據，接著又被火花般的理解覆寫。

Cobalt Blade與Mangan Blade這對雙胞胎，嚴格說來並不是「近戰的藍色」，而是和Silver Crow一樣屬於金屬色。是不受色相環法則限制的例外顏色。

「嗚……」

春雪一邊咬牙心想自己明明早就知道，一邊全力振動只剩半截的翅膀上所剩的金屬翼片，試圖阻止墜落。好不容易再度進入懸停狀態，必殺技計量表卻以驚人的速度減少。再這樣下去，頂多只能再撐十秒。

這時謠以冷靜的聲調唸出了招式名稱：

「『火焰漩渦』。」

火焰箭發出轟然巨響，籠罩在箭上的火焰漲成一大團。一陣直衝耳膜的轟然巨響聲中發射出去的，是一枝已經徹底不能稱之為箭，而是以火紅螺旋構成的巨大長槍。

地上的兩名武者立刻分頭往左右做出閃避行動。緊接著巨槍命中兩人之間的中間點，火紅的漩渦轉眼間膨脹到十公尺以上，吞沒了Cobalt與Mangan。

視野左上方的敵人體力計量表，以完全相同的速度不斷減少。兩人之所以不從火焰中脫身，多半是因為那種漩渦有著吸力。四周的草原劇烈波動，被扯斷而吸進去的草葉，化為無數火星飛起。

「緋色彈頭」Ardor Maiden過去曾和「ＩＣＢＭ」Sky Raker組成搭檔，在領土戰爭中立下赫赫戰功，而這一招就讓人切身感受到這個傳說名不虛傳。

而且謠肯定早已察覺到雙胞胎的必殺技有著很遠的射程。春雪若非一時忘了她們是金屬色角色的這個認知，注意到這件事，說不定本來也能夠躲開這一擊。

——我，還只是「前髮」。

就在他這麼告誡自己的同時，必殺技計量表耗盡了。

「要下去了！」

春雪以剩下的翅膀開始進行不穩定的滑翔，耳邊聽見謠堅毅的說話聲。

「接下來就要拚一口氣了。我會期待鴉鴉的超強毅力！」

「了……了解！」

春雪喊完後，在火勢終於開始平息的漩渦外著地。被燒得灰頭土臉的雙胞胎劍士，從濃厚的白煙後現身。看來她們不愧是金屬色角色，連耐熱性能也很高，儘管紮紮實實挨了Maiden的必殺技，體力計量表卻還剩下四成。

四個鏡頭眼發出低沉的震動聲，亮出藍白色的光芒。謠與春雪各自舉起長弓與雙手，和默默舉起太刀的Cobalt與Mangan對峙。

——雖然我的頭腦和技藝都還差得遠……但比毅力我可不會輸！

春雪從咬緊的牙關間這麼呼喊，一腳蹬向燒得焦黑的地面。

十五分鐘後，春雪卯足最後一絲力氣打出的右直拳，被Mangan Blade的上段斬搶先一瞬間逮到。

就在右臂從肩膀整條被砍飛的同時，染成深紅的體力計量表降到低於一成。春雪失去平衡而倒在草原上，太刀的刀尖毫不留情地朝他頸子刺了下來……

——到此為止了嗎？

春雪認命等待這致命的一刀刺來，但太刀在悶響聲中剜起的，卻是離他面罩兩公分遠的地面。

春雪正茫然看著眼前這片藍白色的金屬，就聽到頭上傳來說話的聲音。

「Silver Crow，你打得相當不錯。」

「……咦？」

春雪戰戰兢兢地抬起頭一看，Mangan就一邊將刀拔出地面，一邊哼了一聲。

「我不是要饒你的命。如果這只是正常的對戰，我已經毫不留情地一刀砍掉你的頭……不過你應該是另有目的，才會來到這個戰區吧？跟我們獅子座流星雨有關嗎？」

「啊……是……是啊。」

春雪趕緊跳起，在草上跪坐好，同時往右側瞥了一眼。Cobalt與Maiden的戰鬥，似乎正微微往Maiden有利的狀態推宜，但她們也已經停手不打。

春雪再次抬頭看著Mangan，小聲問說：

「呃……錳姊，不好意思，等一下可以耽誤妳一些時間嗎？其實我有重要的事要……」

「……和研究社有關？」

「是……是的……」

他話一出口，這位單馬尾的女武者就一邊將太刀收回鞘內，一邊朝雙馬尾的姊妹瞥了一眼。只這麼一下，她們似乎就已經溝通完，只見她輕輕點頭說下去：

「真沒辦法啊。Crow，你現在人在哪一帶？」

春雪花了一些時間，才察覺這個問題問的是他在現實世界當中的位置。

「啥啊？呃……是……是在新青梅大道……」

「唔。那麼……」

她彎下上身，把面罩湊到坐著的春雪臉上湊過去，以極小音量說：

「回去以後，你來一趟中野五岔路附近的家庭餐廳。」

「咦？妳……妳的意思，是說，要在現實……」

「你太大聲了。」

Mangan小聲斥責他一聲後，朝四周掃視一圈。察覺對戰已經結束的觀眾們，有的大肆鼓掌，有的高聲歡呼，但女武者一邊朝他們送出犀利的視線，一邊說下去：

「對戰空間裡，誰也無法保證沒混進奸細。雖然也可以強制讓觀眾退出，但這樣卻又太明顯。」

「是……是喔……也是啦……可是，如果要在現實中見面，就得先決定好怎麼相認……」

「哼，彼此都是超頻連線者，看了一眼自然會知道。」

真～～的～～嗎～～？

春雪滿心懷疑，但也只能點頭。

6

搭檔戰在雙方同意下以平手收場，登出超頻連線而回到現實世界的公車上之後，春雪立刻整個人無力地沉進座椅。

他按住神經連結裝置上的按鈕，關掉全球網路連線後，身旁的謠就一臉不在乎的表情，微笑著打出她對剛才那一場戰鬥的感想。

【UI＞不愧是獅子座流星雨的「雙劍（Dualis）」，實力非常堅強。】

「真的……那招叫『無遠弗屆』的必殺技，射程也太長了啦……」

【UI＞多半是和Trilead兄的劍有著同類的性能吧。推測應該是必殺技發動前，維持刀在鞘內的狀態蓄力愈久，射程就會變得愈長。】

「啊……原……原來如此……」

春雪點頭之餘，想起了他們在禁城裡認識的那位不可思議的年輕武士。

他自稱叫作Trilead Tetraoxide，又叫Azure Heir，擁有七神器（Seven Arcs）五號星的直刀「The Infinity」，這把劍就有著「收刀入鞘的時間愈久，剛拔刀後的第一刀威力就愈大」這樣的特性。

這也就是說，萬一真出了什麼差錯，讓鈷錳姊妹其中之一拿到The Infinity，這必殺技「無遠弗屆」就會具備只要入鞘夠久，就能在射程與威力兩方面都無限增加的破壞平衡級性能。可怕呀可怕……春雪正想得發抖，就聽到輕快的鈴聲。是謠觸控了以AR方式顯示的「下一站下車」按鈕。

【UI＞有田學長，接下來才是今天任務的重頭戲喔。】

「對……對喔……不知道能不能順利找到人……」

【UI＞相信她們兩位一定很有武士的感覺。好了，我們下車吧！】

謠打完字，也不等公車停好就站了起來，走向車門。

春雪一邊佩服地心想四埜宮學妹個子雖小，卻一直活力充沛，一邊追向咖啡色的皮書包。

他們在位於新青梅大道與中野大街路口的公車站牌下車，沿著中野大街北上。走了七分鐘左右，就漸漸看見右側有個橘色的招牌。是鈷錳姊妹指定為見面地點的家庭餐廳。如果單純是去用餐，就可以事先連上店家網站，查看是否有空位或訂位，但他們是要和兩個素未謀面，也不知道對方郵件位址的對象見面，所以只能先進了店裡再說。

血肉之軀的有田春雪，和Silver Crow沒有半分相似，若要說他一點都不怕讓第一次見面的鈷錳姊妹看到自己這種模樣，那就是騙人了。然而春雪告誡自己說現在不是在乎這種事情的時候了，於是沿著餐廳的室外樓梯往上爬。

一推開玻璃門，就有冷氣開得夠強的空氣與「歡迎光臨」的喊聲迎接他們兩人。他對女服務生說：「我跟朋友約了在這裡見面。」，然後挺直腰桿望向店內。

由於正值下午四點三十分這種說早不早，說晚不晚的時刻，店裡的客人很少。但放眼望去盡是買完東西回家路上的主婦，或是狀似在這裡喘口氣的上班族，找不到像是她們的二人組——當他腦子裡正轉著這個念頭，結果就從遮住裡頭餐桌的毛玻璃屏風後伸出一隻手，邀春雪他們過去。

「…………」

春雪先和謠對看一眼，然後戰戰兢兢地沿著通道行進。

他們在隔間的屏風前停下腳步，下定決心再踏上一步，然後就讓身體往右旋轉九十度。隔著桌子設立的兩人座沙發椅之中的一副上，已經坐著兩個先來的客人。她們一身水手服款的制服有著略偏明亮的藍色，細細的絲帶與領口，以及袖口反摺部分的白色，用色上都有著充滿夏季風格的清涼感。她們兩人從領口露出的神經連結裝置，也都是頗深的藍寶石色。

春雪劈頭就先查看對方的行頭，理由並不是因為他是個戀制服癖，而是因為看不到臉。不是角度上讓他看不到，而是這兩個坐著不動的疑似女國中生，臉上都套著一個咖啡色的紙袋。

「…………………」

春雪正啞口無言，站在他身旁的謠食指頻頻顫動，在聊天視窗上……

【UI＞…………………】

打出了好幾個刪節號。

過了一會兒，紙袋人之一默默指了指桌子另一側。春雪回過神來，先坐到沙發上再說。等謠也在身旁坐下，女服務生就端來要給春雪與謠的冰水與擦手巾，說了聲：「要點餐時請按鈴。另外也可以直接從投影菜單點餐。各位請慢坐。」就離開了。女服務生臉上的笑容直到最後都沒變，這種精神力相當了不起。

但春雪根本擠不出笑容，一直用睜圓的雙眼盯著前面的紙袋。仔細一看，就發現紙袋上開了兩個小洞，對方似乎也看得見他們。

——這兩個紙袋，不，應該說這兩個人，就是錳姊和鈷姊……吧？

——可是，這到底是什麼意思？如果是要提防現實身分洩漏，那麼不把制服也遮好就沒有什麼意義……而且根本就是她們主動提議說要在現實世界談話的……

春雪一邊想著這樣的念頭一邊送出視線，結果坐在春雪正對面的紙袋，就把頭湊向身旁的紙袋輕聲說：

「我說啊，這樣真的太奇怪了啦。」

「明明就是雪妳說怕被看到臉！」

「哇，不要叫出我的名字啦！」

「糟……糟了……啊啊夠了，這豈不是弄得拖泥帶水！」

「可不是我害的喔。倒是這個就別戴了啦。」

「真沒辦法啊……也是啦，對方也都直接把臉露出來了……」

她們兩人似乎透過這樣的對話後得到共識，同時以右手抓住紙袋頂端，應聲抽掉。

所幸從底下露出來的，是真人的臉孔。

她們兩人長得非常相似──相似得令人分不出誰是誰。清晰的眉毛、挺拔的鼻梁，讓她們的面孔醞釀出一種清涼的和風ＤＮＡ感。謠的面孔也屬於這一類，但眼前的兩姊妹就讓人覺得與其說可愛，不如用美形兩字形容來得貼切。

她們身上都並未佩戴任何飾品，所以外觀上的差異就只有髮型。坐在春雪正對面這位，是將一頭亮麗的黑髮綁成單馬尾，坐在謠正對面的則綁成雙馬尾。

看到她們的髮型，春雪才總算確定這兩個人就是他們要碰面的對象，於是一邊低頭行禮，一邊報上自己的名號。

「這個，兩位幸會……我是Sil，不對，是『烏鴉』，然後這位是『巫女』。」

經春雪以現成的假名介紹過後，謠雙手在膝上併攏，深深一鞠躬。

或許是對她這種「能家子女」端正的舉止起了反應，身穿水手服的兩人也先挺直了腰桿，然後才鞠躬回禮。

抬頭一看，春雪右手邊的雙馬尾就開了口。

「我是高野內琴，國三。」

積著是坐在正對面的單馬尾。

「我是高野內雪，一樣。」

春雪先僵了兩秒左右，才趕緊問說：

「咦，這個，妳們說的名字，是本名……」

結果叫琴的雙馬尾就柳眉倒豎。

「都露臉了，名字講不講都一樣！你們也報上本名來！」

「好……好的。這個……我是有田春雪，現在國二。」

接著春雪對她們兩人簡單說明情形，請她們答應按下聊天APP的無線連線。緊接著謠就打了鍵盤。

【UI＞我是四埜宮謠，是國小四年級生。】

四人互相以本名自我介紹過後，也沒有人帶頭，但都互相行了個禮。

打破這陣尷尬沉默的，是琴敲打桌上AR按鈕的聲音。她迅速捲動跳出的投影菜單，翻開甜點的頁面。

「啊，小琴妳想吃點心？」

「對戰打得那麼辛苦，讓我肚子餓了。」

「好賊喔，那我也要吃。」

聽著她們兩人的對話，不禁讓春雪懷疑起這兩人是否真的就是獅子座流星雨的「雙劍」Cobalt Blade與Mangan Blade，但從外觀與名稱來看，幾乎可以肯定她們就是雙胞胎，而且髮型也和她們在加速世界的造型一樣。想來雙馬尾的琴就是Cobalt，單馬尾的雪則是Mangan。用這樣的觀點去看，就覺得兩人身上都隱約透出一種像是劍士會有的氣質。

——總之我也得點個什麼才行。

春雪輕輕搖搖頭，跟著叫出菜單，然後跳到甜點頁面。他把菜單挪到謠也看得到的位置，然後小聲問說：

「四埜宮學妹要點什麼？」

【UI＞我要點奶油餡蜜。】

「那，我就點雙球冰淇淋吧。」

春雪簡單觸控了幾下菜單，黑暗星雲組的點菜約五秒鐘就結束，但獅子座流星雨組則似乎還在煩惱。她們兩人用認真的表情凝視著菜單，然後突然一起開口：

「「草莓焦糖聖代。」」

她們異口同聲的程度，和對戰中一模一樣。春雪正佩服地心想她們默契真好，雙胞胎卻莫名地一臉正經表情互瞪。

「是我先講的。」

「明明是我比較快。小琴妳換啦。」

「上次不就是我換？這次輪到雪換了啦。」

「不要。今天的對戰是我比較有貢獻。」

「也不想想妳打低了1級的Crow還陷入苦戰。」

「妳才該想想妳打遠程型的Maiden還被一路壓著打。」

爭吵中連虛擬角色名稱都跑了出來，讓春雪趕緊插嘴。

「這……這個，請到此為止……請問為什麼非得改點別的不可？兩位都吃草莓聖代不就好了嗎？」

琴——Cobalt聽了立刻白了春雪一眼。

「這種時候，兩個人點不一樣的，然後一人吃一半，就是我和雪之間的規矩。」

「是喔……可是，既然都各吃一半，不管由誰改點別的，不是都一樣嗎？」

他這麼一問，這次則被雪——Manganì反駁：

「完全不一樣。拿草莓聖代來說，只有吃前面一半的人吃得到上面的草莓耶！底下的一半，就只剩冰淇淋、冰沙跟脆片了。」

「然後拿優格聖代來說，下面就只有優格跟脆片。那種東西根本不是甜點，是飯。」

「原……原來如此，我深表認同。」

春雪舉起雙手，連連點頭。緊接著——

忽然聽到身邊的謠發出了小小的嘻嘻聲。她患有失語症，會笑出聲音是非常罕見的事，讓春雪不由得倒抽一口氣。

謠笑了一會兒後，才在餐桌上舞動手指。

【ＵＩ＞對不起。我是看到兩位的樣子和在那個世界的時候不太一樣。】

琴與雪看到這段訊息，露出有點尷尬的表情。

「超頻連線者不都是這樣嗎？」

琴喃喃說完，雪微微一笑：

「至少在今天這種日子，兩個人點一樣的也沒關係吧。」

「畢竟也是紀念我們第一次和別團的人在現實中見面。」

雙胞胎同時觸控了草莓焦糖聖代的照片，然後關掉菜單。

春雪一邊含了一口玻璃杯的冰水，一邊心想：

無論是琴與雪所參加的獅子座流星雨，還是三天前對打過的長城，本來都是與黑暗星雲敵對的軍團。若不是有著加速研究社這個太強大的共通敵人存在，相信他們絕對不會有機會像現在這樣在現實世界中見面。

試作第一號的「ACCEL ASSAULT 2038」毀於過剩的鬥爭，而試作第三號的「COSMOS CORRUPT 2040」則毀於過剩的融合——說這句話的是白之王White Cosmos。這句話雖是出於最大強敵之口，但身為遊戲玩家，倒也隱約覺得認同。

雖說有綠之王的活動提供助力，但春雪他們玩的試作第二號「BRAIN BURST 2039」之所以能夠維持足足八年之久，相信就是因為鬥爭與融合之間的平衡拿捏得好。這次突發性的會面，說不定就是這走鋼索般的平衡所帶來的下不為例的奇蹟。也許他們再也不會有第二次機會，在現實中見到高野內琴和高野內雪這兩人。

但即使是這樣，我們仍然見了面，互相報上自己的名字，一起吃了點心，所以我們已經是「朋友」。我是這麼相信的。

女服務生端來的草莓焦糖聖代讓琴與雪看得眼神發亮，春雪看著她們這種模樣，細細咀嚼著自己的這種想法。

7

「……這麼說來，鈷姊和錳姊是答應擔任星期六的督察員了？」

聽千百合透過語音通話這麼問，春雪點點頭回答：

「對啊，總算是。她們還狂問梅丹佐攻略戰的情形，害我可慌了……她們說星期六會在港區第三戰區的自然教育園待命，領土戰一結束，就會立刻檢查對戰名單。」

「這樣啊，太好了。達成任務辛苦啦，小春……再來也就只能祈禱到時候，至少有一個研究社的成員連上全球網路了啊……」

「是啊……」

春雪再度點頭，雙手放到陽台欄杆上，看著高圓寺方面的夜景。

儘管氣溫到了夜晚仍未下降太多，但由於位於高樓層，吹來的風十分舒爽。白色的車頭燈與紅色的尾燈，在眼底的環狀七號線大道上緩緩流過。春雪看著這金碧輝煌的夜景看得出神之餘，在腦中列出已知的加速研究社成員。

首先是會長白之王White Cosmos。她的名字出現在港區戰區的名單上是理所當然，所以當然不構成證據。

接著是副會長，過去曾多次逼得春雪等人陷入絕境的仇敵Black Vise。但他們至今仍未在加速世界中確認這個名稱是否為真，Black Vise這個名字有可能只是自稱。如果是這個情形，名單上就看不到這個名稱。

再來是與這兩人同樣老資格的「四眼分析者（Quad Eyes Analyst）」Argon Array。但只有春雪等人知道她是研究社成員的人，而且沒有任何物證。所以這個名稱作為證據的效力也很薄弱。

說穿了，三個幹部中有可能構成證據的只有Black Vise，剩下就只能指望有較低階的成員出現。

但這方面也希望渺茫。Dusk Taker已經點數全失而退場，Wolfram Cerberus和Argon一樣沒有證據可以證明屬於研究社成員，剩下的就只有闖進赫密斯之索縱貫賽的Rust Jigsaw，以及黑雪公主在沖繩遭遇到的Sulfur Pot。她說如果Pot出現，有個以前參加紫之團的老資格超頻連線者願意作證。

「……到頭來，就只有Vise、Jigsaw和Pot這三個人可以構成證據啊……」

他嘆著氣這麼一說，千百合也重重呼出一口氣回答：

「嗯……如果至少可以得到Argon是研究社成員的證據就好了……」

「Ash兄曾經看過Argon闖進杉並戰區的亂鬥。當時Ash兄的機車就被她用雷射引爆，所以相信他也明白Argon不只是單純的分析者……只是，光是這樣，實在不構成她是研究社成員的證據啊……」

「而且Ash兄還是綠之團的團員。」

「嗯……」

兩人再次同時嘆了一口氣。

真要說起來，如果有什麼手段可以證明Argon Array是研究社的成員，相信黑雪公主和楓子她們早就想到了，又如何輪得到春雪與千百合事到如今才來左思右想。

千百合忽然從連線的另一頭像要振奮精神似的發出「嗯！」的一聲喊，然後以開朗了些的聲調說：

「先不說這個了，你升6級的獎勵，決定好要選什麼了嗎？」

「啊……這，還沒……我愈想愈不知道該怎麼選……」

「啊哈哈，我就知道你會這樣。可是，星期六的領土戰爭，多半會比上次跟長城打的那一仗還艱辛，所以多一樣武器也是好的。」

「……說得也是啊。」

聽完千百合設身處地的建議，春雪深深點頭。

多打幾場對戰，花時間慢慢認清現在的自己最需要的是什麼，來選擇升級獎勵，這的確非常重要，但也可以說這段期間就是處在「沒得到本來應該可以得到的力量」。這部分的劣勢，就會轉嫁到軍團的伙伴們身上。與震盪宇宙的戰鬥中，是不容許這種依賴的。

「我一定會在領土戰爭開打前決定。」

春雪斬釘截鐵地這麼一宣告，就聽到同樣認真的聲音回答：

「我也是，雖然我離升6級還有點遠，但星期六我也會努力的。」

「喔喔，我很期待……妳距離6級還差多少？」

「我前陣子才升上5級啊，還早呢。」

「這樣啊……那，我們現在就找阿拓去獵公敵吧。說不定會抽到阿綠，不，我是說綠之王餵過點數的公敵。」

春雪意氣風發地提議，然而……

「不～行！你今天不是已經在中二戰區那麼拚了嗎！今天晚上要早點睡！」

提議立刻被駁回，讓春雪噘起了嘴。但千百合的訓話並未就此結束。

「還有小春，你還有另一件事也得在星期六之前決定吧？」

「咦？是……是什麼事來著……」

「等等，你該不會真的忘了吧！」

就在兒時玩伴的震怒即將降臨之際，春雪想起了一件與加速世界無關的重大事項，立刻連連搖頭。

「啊，沒有，我沒忘，我真的沒忘！不就是學生會選舉的事嗎？」

「沒錯。那，你要怎麼做？」

春雪被她這麼一問，轉過身來，把背靠到陽台欄杆上。

二年C班的班級委員長生澤真優，邀他參選將在第二學期舉辦的下屆學生會幹部選舉，這是上週發生的事情。他跟委員長說過會在本週內給她答覆，所以千百合說得沒錯，他非得在星期六之前做出決定不可。

「……阿拓有沒有說什麼？」

春雪心想，千百合應該知道一起受邀的拓武有什麼打算，但這次得到的答案還是一樣。

「不～行！你想知道小拓的事就該自己去問小拓！」

「好……好的……」

「……啊，媽媽要我趕快去洗澡了，今天我就先掛斷嘍。晚安小春，明天見。」

「嗯，明天見。小百晚安。」

春雪切斷語音通話，呼出一口氣，隔著陽台遮陽棚仰望夏天的夜空。由東京都心燈光照亮的天空是灰色的，但仍看得到幾顆星星靜靜眨動。春雪看著這些星光看了好一會兒，然後大大伸個懶腰，回到室內。

時間是九點三十分，母親尚未回家。算算日子，已經差不多得跟母親提起暑假要跟朋友去山形的外公外婆家旅行，但他們母子的生活仍是不斷地互相錯過。前不久春雪在母親回家時還醒著，把期末考的成績單拿給她看時，她也只說了「下次也要努力」這句話。

——不過至少不是「下次要」，而是「下次也要」。

春雪從一個助詞當中找出慰藉，躺到床上去。

如果決定參加學生會幹部選舉，告訴母親後，她會說什麼呢？會表示支持？還是叫他放棄——還是會說隨他高興？

春雪曾聽山形的外公外婆說，母親在學生時代也參加過學生會。儘管想知道母親到底是為了什麼樣的理由參選，但就算問了，她大概也只會擺出嫌麻煩的態度。而且，即使春雪要報名參選幹部，也不該是為了「希望母親注意自己」這樣的理由。

生澤真優說她參選學生會幹部的理由，是因為崇拜現任副會長黑雪公主，想儘可能接近黑雪公主。這種心情春雪很能體會，但這是生澤的動機，不是他的動機。既然要參選，就非得在自己心中找到足夠的理由與目標不可。

……我的目標，會是什麼呢？

春雪仰望著昏暗的天花板，不經意地想著這些念頭。

如果是身為超頻連線者的目標，他就立刻答得出來，那就是和黑雪公主一起玩到BRAIN

BURST的結局。他不知道要達到這個目標所需經過的途徑，是讓黑雪公主升上10級，還是在禁城解開最終神器「The Fluctuating Light」的封印。但他相信只要繼續和黑雪公主一起奮戰下去，遲早這個遊戲的結局終將到來，一切的謎題也將揭曉。

相對的，現實世界的有田春雪，又是以什麼為目標在過日子呢？

以前他受到不良少年霸凌時，每天上學這件事本身就是一種令人難以忍受的痛苦。但他蒙黑雪公主搭救，現在甚至交到了幾個朋友。如今早上起床，以及走在上學路上，對他而言都不再痛苦。

但也正因為這樣，當他自問現在的自己是否正為了明確的目標而努力時，就無法立刻回答YES。他不像拓武和千百合那樣，致力參加社團活動，更不能說是在努力精進學業。飼育委員會也是一樣，儘管他自認很認真地在參加活動，但實際上仍然只能輔佐謠。

一旦把和加速世界有關的部分切割開來，現在的春雪也許就只是渾渾噩噩地過著日子。他也沒有將來的願景，別說畢業後，連半年後、一個月後的目標都沒有，就只是看著時間流逝。

——你說想和學姊上同一間高中，那是騙人的嗎？

忽然間腦海中跑出這麼一句話，讓春雪轉身面向牆壁，抱住膝蓋。

——不是騙人。可是……不管我怎麼努力，有些事情就是沒有辦法實現。

——你是說，沒有結果的努力就沒有意義？

——沒錯。誰會對這種努力給予肯定？不管多努力念書，只要考試考不好，誰也不會誇獎我。就算參加選舉，一旦落選，就只會弄得自己很悲慘。這當中到底是有什麼意義？

春雪在腦海中進行著這種像是在泥沼中愈陷愈深的自問自答——

腦海中忽然吹過了一陣清涼的風。幾天前由黑雪公主所說的話，伴隨著深沉的回音播放出來。

「沒有結果的努力有意義嗎……？你現在就是在想這個問題吧？」

春雪心中一驚，睜開眼睛，把躺下蜷縮的身體慢慢舒展開來。他在床上攤開雙手雙腳，深深吸氣，吐氣。

當時春雪被黑雪公主這麼一問，答不出話來，但他應該確實覺得答案是否定的。他應該確實感覺到只要為了一件事努力，自己心中一定會留下一些東西。

因為想得到稱讚，因為不想落入被嘲笑的悲慘處境。應該有些事情比這種渺小的動機更重要。無論是在加速世界，還是現實世界，都是一樣的。

為了自己努力，為了別人努力。就只是想努力，所以努力。只要做到這一點的記憶漸漸累積，終有一天會化唯一股強大的力量。

「————好！」

春雪朝天花板伸出雙手，用力握緊。

接著只放下左手，用右手食指操作虛擬桌面。他對登錄在聯絡人APP上的第一個聯絡人送出一封簡短的郵件，立刻就收到回信。春雪迅速切換家用伺服器的設定，唸出語音指令：

「直連連線。」

春雪化為粉紅豬虛擬角色，來到的是個有著歐洲城堡風格的尖塔高高聳立的露台。遠方有著冠有白雪的山脈綿延，欄杆正下方則是高得看不到底的懸崖。

露台上準備了一張小小的桌子與兩張椅子，桌上還備有茶具。這是他在前不久，從外國網路下載到的完全潛行空間用環境資料。

幾秒鐘之後，一個苗條的人影在鈴聲般的音效中，出現在露台的角落。是個身穿黑色長禮服，背著黑鳳尾蝶翅膀，有如妖精般美麗的虛擬角色。

「久等了，春雪。你還是一樣喜歡高的地方啊。」

黑雪公主看著景色，說出這樣的感想後，春雪就用長著蹄的手搔著頭打招呼。

「學姊晚安。對不起突然找妳過來。」

「不會，我正好想休息一下。」

「學姊是在做功課？」

「說功課倒也是功課沒錯啦……我是在把所知範圍內的震盪宇宙團員資料，統整成檔案。

等弄完了我會發給大家看，你們要記好了。」

「啊，這可幫了我們大忙，謝謝學姊。來，學姊請坐。」

春雪請黑雪公主在白色的木製椅子坐下，她就點點頭輕輕坐下。春雪也在正對面的椅子坐下，正要拿起茶壺倒出紅茶，卻有一隻白晰的手輕輕伸過來制止。

「……這茶的滋味，是環境資料預設的嗎？」

「是……是啊。是這樣沒錯。」

「那要不要試試看我最近調出來的滋味？算是我小小的自信之作。」

「當然好，麻煩學姊了！」

春雪將白瓷茶壺遞出去，黑雪公主就用指尖輕輕點了一下蓋子，叫出控制視窗後，讀取新的滋味檔案。接著她高高舉起茶壺後一倒，讓茶壺口流出細細的一道茶水，一滴也不漏地倒進兩個茶杯裡。

「來，請用。」

春雪端起黑雪公主放到他面前的茶杯，說了聲那我喝了，然後喝了一口。結果一種有如水果白蘭地蛋糕般濃厚而花俏的風味從口中傳開，但嚥下去之後卻又就此消失，只剩下些微清爽的薄荷香氣。

「哇……好好喝。簡直像是點心。」

春雪說出這樣的感想，黑雪公主就笑瞇瞇地說：

「Petit Paquet她們三個做來的蛋糕非常好吃，給了我一點啟發。雖然我也只會調整一下虛擬茶的參數就是了。」

「這也是很了不起的技能了。我想休可她們要是喝了這茶，一定會非常開心的。」

「那以後有機會，就找她們也來嚐嚐看吧。」

春雪一邊聊著這些，一邊珍重地品嚐，但還是很快就喝完了。結果背底就有一隻小小的黑色蝴蝶輕飄飄地飛起，從他眼前飛過。

「啊……啊啊！」

春雪啞口無言地看了好一會兒，這才趕緊伸手想去抓，但豬形虛擬角色短短的手揮了個空，蝴蝶已經飛到露台外頭去了。

「啊啊啊……真沒想到茶裡面也暗藏了蝴蝶點數……」

「呵呵，凡是都不能大意啊。要再來一杯嗎？」

「要！」

「會不會有蝴蝶出現倒是隨機決定就是了。」

黑雪公主若無其事地說完，再度以完美的手法從茶壺裡倒好茶。

春雪雙手捧著有紅寶石色液體搖動的茶杯，再次仰望黑色蝴蝶飛走的藍天，然後開口說：

「學姊，請問一下。」

「嗯，什麼事？」

「呃……我打算參加……學生會幹部選舉。」

一聽到這句話，黑雪公主立刻笑逐顏開。她慢慢點了兩次頭，以黑色的眼睛直視春雪。

「……這樣啊。我很高興你做出這個決定。如果有我幫得上忙的地方，你儘管開口。雖然要作弊當然就不行，但正當的協力我絕不會吝於提供。」

「好的，都靠學姊了！……那，我就單刀直入找學姊商量了……」

「請說。」

看她以手勢催促，春雪動了動豬鼻子，同時生硬地切入正題。

「呃……這個，就是啊，我都表明要參選，現在才講這個好像太遲……像是想把梅鄉國中改變成這樣的地方，或是改善哪些部分，這一類的願景我完全沒有。像學姊在校慶的時候，不就說過妳想增加校內的公共攝影機，讓監視網不再有死角嗎？這，做起來應該非常費事……吧？」

「嗯……是有些費事。」

黑雪公主微微苦笑，用茶水沾濕嘴唇後繼續說道：

「我對學校的管理部門、經營企業、區立和都立教育委員會，都提出了一大堆報告，但這絕對不算什麼辛苦，因為這是我無論如何都想實現的事情。」

「……我就是還沒找到這種無論如何都想實現的事情。所以我就想說都要參選了，動機卻這麼半吊子，這樣真的好嗎……」

「很好啊。」

黑雪公主很乾脆地立刻做出回答後，從椅子上站起。她在鋪著石片的地板上踩響高跟鞋的腳步聲走到露台邊緣，注視遠方的山脈。柔和的陽光灑在黑鳳尾蝶的翅膀上，將玫瑰紅的紋路照得閃閃發光。

「我說啊，春雪。我們還只是孩子，才剛學會用自己的腳走路，用自己的眼睛看東西，用自己的頭腦想事情。自己想做什麼，能做什麼，又要朝什麼地方前進……道路是往四面八方延伸出去的。要是縮在同一個地方不動，摀住眼睛和耳朵，就哪兒也去不了，但只要開始跨出腳步，就一定能開創出道路來。不用擔心……你一定也會找到的，找到身為學生會一員想實現的目標。」

「…………」

春雪也從椅子上跳下來，走到黑雪公主身旁。但他虛擬角色的身高太矮，臉探不到欄杆上。他正心想糟糕，早知道就至少該先把這個部分調整過——

黑雪公主彎下腰，用雙手抱起了春雪的豬形虛擬角色。

「啊，哇……」

春雪慌了手腳，但整個身體就這麼被她擁進懷裡。黑雪公主一邊把臉頰湊向他光滑圓潤的頭，一邊輕聲對他說：

「……我，再過八個月，就要從梅鄉國中畢業。」

「…………！」

一聽到這句話，豬形虛擬角色就反映出精神面的動搖而僵住。黑雪公主的右手，在全身僵硬的春雪背上輕輕撫摸。

「我跟老家說我想去上杉並區內的高中……但這件事實在不是我一個人就能決定的。他們也可能會利用我國中畢業的機會，把我弄去更遠的地方。」

「…………這是指，會離開東京……是嗎？」

春雪以顫抖的嗓音好不容易問出這個問題，得到回答卻令他更加震撼。

「也可能會離開日本。」

「……！一……一旦弄成這樣，就再也……！」

「唔。畢竟不連上公共攝影機網路，就沒辦法加速……這等於是不再當超頻連線者了。」

黑雪公主宣告的聲調始終冷靜。想來這應該不是她這兩天才想到的事情。黑雪公主一邊輕撫春雪的虛擬身體，一邊繼續述說：

「當然事情還沒定案。可是，假設我會被叫去留學，那麼申請截止日期就是在十月……到時候應該就會得出結論了吧。我也會盡最大限度的努力，去就讀我想讀的學校……但很對不起，我沒辦法保證。」

黑雪公主說話聲音一直鎮定，但只有最後一瞬間微微顫抖。

春雪不由得用力抓住她苗條的虛擬身體不放，被千纏百結的思緒牽著走。

——我不要，我不要這樣。我甚至還沒開始努力讓自己能跟學姊上同一間高中。我拿反正自己考不上來當藉口，騙自己說那是還很遙遠的事情，不去正視現實。可是，虧我好不容易才覺得自己好像有辦法往前進，現在卻……

「……………學姊……如……如果…………」

春雪拚命吞下了從喉嚨擠出來的沙啞嗓音。

接下來的話是不可以說的。「如果學姊妳去跟姊姊……跟白之王White Cosmos誓言效忠，協助她達成目的，是不是就可以請她幫忙說服雙親，讓妳不用去留學」這樣的話，是萬萬不能說的。

他用力閉上雙眼，咬緊牙關——

耳邊就聽到一個柔和的聲音從耳邊響起。

「不要緊的，你別擔心。」

「…………咦…………」

睜開眼睛一看，就在眼前看見黑雪公主的微笑。

「不管事情怎麼演變，我和你的關係都不會消失。哪怕我得暫時離開日本，只要像現在這樣進行完全潛行，就隨時都見得到面……我們是超頻連線者，我是你的『上輩』，你是我的『下輩』，但聯繫我們的關係不是只有這樣。哪怕物理上相隔再遠，又或者我們兩個都不再是超頻連線者……」

黑雪公主說到這裡先頓了頓，然後一字一句，像要深深刻在心上似的輕聲說道：

「我答應你。我會一直陪在你身邊，直到永遠。」

這一瞬間，一種像是強烈電流的感覺貫穿春雪全身。

他不是第一次聽到這句話。三個月前，打完了與〈Dusk Taker〉之間的戰鬥後，黑雪公主就曾一字不差地對春雪說出同樣一句話。

「…………學……姊。」

春雪發出沙啞而顫抖的嗓音，再度將虛擬角色的頭按向黑雪公主懷裡。

如果海外留學是無法避免的事態，如果黑雪公主的BRAIN BURST到明年三月就等於事實上迎來結束的日子……

那麼在這之前，春雪有什麼可以做的事呢？

那還用說，就是送黑雪公主去到加速世界的盡頭。「升上10級的超頻連線者，將能邂逅程式製作者，得知BRAIN BURST之所以存在的真正意義，並了解這個程式所追求的極致」——也就是讓她去見證只有升上9級者會收到的系統訊息是否為真。

但要升上10級，黑雪公主就必須再砍下四個王的首級。這是以血洗血的修羅之道。三天後就會揭開與震盪宇宙之戰的序幕，但即使她能夠在這場決戰中打倒白之王，離達成條件也還很遙遠。

而且——

春雪從以前，心中就產生了一種連自己也很難解釋清楚的感情。

既然是遊戲，那麼追求破關就是理所當然的。過去他對黑雪公主說過的這句話並無虛假。然而歷經與長城「六層裝甲」與獅子座流星雨「雙劍」之間的交流後，要和他們進行並非純粹的對戰，而是血腥的廝殺，就讓春雪覺得躊躇。

若不砍下綠之王與藍之王等人的首級，黑雪公主就無法升上10級。然而一旦踏上這條霸道之路，短短五小時前才與高野內琴、高野內雪之間產生的小小友誼，就會破碎得不留痕跡。到時候取而代之的，就會是憤怒與仇恨，拳腳與刀刃。

這才是BRAIN BURST這款遊戲原來的面目。開發者就是把遊戲設計成這樣。

既然追求破關，遲早總要走上這條路。

——可是。

可是……

春雪一邊感受著黑雪公主的虛擬角色身上傳來的微微體溫與柔軟觸感，一邊咀嚼著自己彷彿要被撕成兩半的感覺。

就是在這個時候，在寄郵件給黑雪公主前不久的思緒，化為小小的火花復甦。

說不定，還有另一條路。

這和系統訊息中宣告的「10級」不一樣，沒有任何確切證據，純粹只是春雪的推測。但這同時也是三年前，第一代黑暗星雲的團員，為了他們愛戴的軍團長而試著去闖的一條路。

「…………學姊。」

春雪以微微多了幾分力道的嗓音，又叫了她一聲。

「我……我會努力。為了自己……也為了學姊，能做的事情我全部都會去做。所以……所以…………」

接下來的部分他說不上來。黑雪公主抱住他虛擬身體的雙手更加用力，輕聲細語地說：

「嗯，我也會努力。為了能夠一直和你一起走下去，我會盡我的全力。」

8

「已經好久沒有和鴉同學兩個人說話了呢。」

倉崎楓子一進到客廳就說出這句話，然後微微一笑。

「而且竟然只找我來你家，真讓我期待你要跟我說什麼呢。」

「呃……那個……首……首先請師父先坐下來。我去端個飲料來……」

春雪生硬地請她坐到沙發組上，然後迅速移動到廚房。他把冰涼的綠茶倒進薄版的玻璃茶碗裡，放到托盤上端過去。

春雪把茶放到坐在兩人坐沙發靠窗那一邊的楓子面前，自己在正對面的一人座沙發坐下，然後做了一次深呼吸。

他認識楓子已經有三個月，但和她獨處時仍會有些緊張。想來應該有一部分是受到剛認識時就被她從東京鐵塔遺址塔頂推下來的這段記憶影響，但更重要的是楓子這個人就是有種無論如何都會震懾住人的存在感。

她的美貌比起黑雪公主是有過之而無不及，身材更是充滿破壞力，但原因並非只出在這些外在因素上。也不是只在於她在加速世界留下諸多傳奇的超頻連線者實力。她就是有著很大的格局，能夠包容這一切。

事實上，真正牢牢支撐住現今黑暗星雲的中流砥柱，應該就是副團長楓子。不用回想前幾天與長城那一戰打到尾尾聲時她是多麼活躍，相信軍團裡的每一個人，都切身感受到只要有「鐵腕」Raker在，就不會有問題。也正因為她是如此靠得住，讓春雪與她獨處時更是無論如何都會忍不住惶恐，但今天他就是非得對楓子拜託一件很重大的事情不可。

「這茶看起來真好喝。」

聽到這句話，春雪驚覺地回過神來，惶恐地回答：

「謝謝師父稱讚。家母討厭保特瓶裝的茶，所以夏天都會泡好冷泡茶備用。」

「這是鴉同學泡的嗎？」

「是啊，算是吧……說是我泡的，其實也只是把茶葉裝進小袋子，然後放進玻璃容器裡冷泡。」

「可是，這不是很花時間嗎？就是泡久了才會有這種甘甜，非常好喝。」

楓子說著就一口把冷泡茶喝乾，於是春雪起身準備去倒下一杯，但楓子以右手制止他。

「謝謝你，不過我晚點再喝。請先告訴我你要跟我說什麼事情。」

「……好的。」

春雪點點頭，重新在沙發上坐好。

七月十八日，星期四。後天就是第一學期的結業典禮，而春雪就在與白之團的決戰已經迫在眉睫的今天聯絡楓子，說希望她放學後來他家一趟。楓子爽快地答應，春雪去到環狀七號線的公車站牌迎接，帶她進了自己家。然而春雪到現在，仍然無法將從昨天就一直在心中蠢蠢欲動的想法，化為言語訴說出來。

「呃……這個…………」

春雪挺直腰桿，牢牢抓住膝蓋，然後覺悟到除了正面突破之外別無他法，於是深深一低頭說：

「師父，我有事要拜託妳！」

「什麼事呀？」

相信聽了這件事，連師父也會吃驚或生氣吧……春雪一邊這麼想著，一邊抬起頭大喊：

「請師父把疾風推進器再借給我一次！」

「可以啊。」

「…………………咦？」

楓子不吃驚也不生氣，笑眯眯地二話不說就答應，反而讓春雪嚇了一跳。

「這個……可……可以嗎？」

「那當然。只是，我希望你告訴我理由。」

「這當然了！……只是，師父聽了可能會生氣……」

春雪喝了一口冷泡茶，先讓心情鎮定下來，然後直視楓子那有如平流層天空般深邃又清澈的眼睛，說道：

「……其實我，想再去一趟禁城。」

這次終於換楓子睜圓了雙眼。

春雪花了十分鐘左右，才詳細說明完自己的動機。

包括黑雪公主一旦從梅鄉國中畢業，說不定就會去到遠方。

包括如果可以，他希望能在這之前玩到BRAIN BURST的結局。

為了這個目的，他希望能針對疑似破關條件之一的神器「The Fluctuating Light」詳細調查一番——

「…………原來如此，是這麼回事啊……」

楓子把背靠到沙發上，視線望向窗外。

有田家的客廳是朝南，所以無法直接看到幾乎位於正東方的禁城。但楓子彷彿從這有著靛青色到金黃色漸層分布的天空下，看見了那座絕對無法入侵的巨城，只見她瞇起眼睛，以平靜的聲音說：

「黑暗星雲裡，曾經入侵禁城而生還的超頻連線者，就只有鴉同學和Maiden。既然辦得到一次，就辦得到第二次……你應該就是這麼想的吧？可是，禁城和四神可沒那麼好對付。這次真的陷入無限EK的可能性肯定不低。」

「…………是。」

這番話語氣雖然柔和，內容卻很沉重，讓春雪只能點頭。然而他也不認為一開始就能讓楓子贊成。他拚命地將花了今天一整天想好的事情化為言語。

「可是……從上次衝進禁城時的經驗看來，我認為只要不去跟四神打，用超高速直接穿越四神出現區，就有可能去到城門。而且我的飛行速度，應該也比上次高出了相當多。」

「原來如此——可是，記得只是去到城門前，門也不會開吧？城門應該是從內側封印的吧？」

「是，就是這樣。」

春雪暗自佩服楓子的記憶力，同時點頭承認。

存在於禁城東南西北四方的「四神之門」，各以一塊雕有各城門守護獸的金屬牌匾封住。只要打倒守護獸，封印就會毀壞，也就可以打開城門。但上次春雪與謠只是接近，南邊的朱雀門就打開了。理由是神祕的年輕武士Trilead Tetraoxide，從內部破壞了牌匾。

牌匾是城門每次開閉，就會重生。lead以神器「The Infinity」與心念攻擊「天叢雲（Heavenly Stratos）」幫他破壞的南門牌匾，應該已經在春雪上次脫身時復活。然而……

「……我從禁城逃脫的時候，Lead跟我就約好了一定要再見面。所以，我想Lead一定會再一次幫我破壞封印牌匾。把四個城門的都破壞掉。」

「…………」

楓子聽著春雪這麼說，陷入沉思似的睫毛低垂。她將包著一層薄絲襪的右腳抬到左腳上。她的這雙腿由生體親和性奈米高分子皮膚、生體金屬纖維肌肉，以及鈦合金骨骼所構成，有著極為優美而且複雜的曲線，讓人無法相信這竟然是人工的產物。

春雪默默看著楓子用纖細的手指在內有伺服馬達的膝蓋上輕輕撫摸——

「要是門不開呢？」

忽然被問到這個問題，春雪先眨了眨眼，然後才急忙回答：

「是……是的。遇到這種情形，我打算在城門前急速攀升，一百八十度掉頭離開。」

「這樣啊…………」

楓子再度陷入沉默。或許是反應出她腦中高速運轉的思考，只見她右腳腳尖在空中頻頻點出節奏，每次都有小小的馬達聲撫動春雪的耳膜。

楓子足足想了兩分鐘以上，才輕輕將右腳放到地上。她雙手理了理一頭長直髮，直視春雪，微微一笑：

「所以最終還是會歸結到相不相信，是吧？」

「咦……？」

「你不是相信Trilead同學嗎？你相信他會只為了再見你一面，克服艱鉅的困難，破壞所有城門的封印？」

「是。」

春雪毫不遲疑，立刻點頭。楓子也點點頭回應，繼續說道：

「而Trilead同學也相信你。相信鴉同學甘冒陷入無限ＥＫ的危險，也會再去見他一面。那麼……我就相信願意相信他的你。」

「咦……」

春雪忍不住探出上半身發問：

「這……這麼說來，師父是願意借我疾風推進器了？」

春雪這麼一問，楓子跟著上半身往前傾，伸出右手食指在他頭上一彈，說聲：「傻子！」

「這我不是從一開始就答應了嗎？我煩惱是為了另一件事。」

「咦……？是……是什麼事……？」

「那還用說。」

楓子露出春雪命名為「Raker式真空波微笑」的那種充滿慈愛的微笑，以沒有任何變更餘地的聲調宣告：

「我也去。你要的疾風推進器，我連著Sky Raker一起借給你。」

「咦……咦咦？」

「鴉同學，我說你喔，不找任何人商量就想獨自去闖禁城的人，才沒有資格吃驚。」

「這……話是這麼說沒錯啦……」

春雪雙手食指互相搓揉了一會兒，楓子就把嘴角的笑容換成苦笑，聳了聳肩膀說：

「不過也是啦，你的心情我也不是不懂。畢竟這件事不能和小幸說，而且要是告訴謠謠、晶、千子和黛同學他們，想也知道他們一定會說要大家一起去。」

「是……肯定會。可是，一個弄不好，就有陷入無限ＥＫ的危險……」

「這你也不例外吧？」

楓子收起笑意直視春雪這麼一問，他就雙手放到膝蓋上用力搖頭回答：

「……不，我一定會去禁城，平安回來。」

楓子聽了後再度露出微笑，深深點頭。

兩人補給水分，依序上完廁所後，並肩坐在兩人座的沙發上，設定好自動斷線保險裝置，一共花了十分鐘左右。

「呃，斷線時間，就先設在現實時間的七秒鐘後吧。」

「差不多就這樣吧。換算成內部時間是一小時五十六分四十秒……即使陷入無限EK，最多也只會死兩次。」

「不，我會降到零次！」

春雪斬釘截鐵地宣告完，將自己與楓子神經連結裝置上延伸出來的XSB線，接上家用伺服器的網路插槽。他確定全球網路連線的圖示再度亮起後，朝坐在右邊的楓子瞥了一眼。

他正想為把楓子牽扯進自己臨時起意的行動道歉，楓子就搶先用左手用力握住他的右手……

「鴉同學，我是自己想去才去的……好了，麻煩你倒數。」

「……好的！」

他點點頭，用左手操作投影視窗，將手指伸向已經設定成十二秒後切斷網路連線的視窗OK鈕上，深深吸一口氣。

「倒數五秒後連線。」

然後在按下按鈕的同時，開始倒數。

「5、4、3、2、1……」

「「無限超頻！」」

9

夜晚。

掛在天空正中央靜止不動的巨大滿月，以蒼白的月光照亮大地。

建築物全都化為白堊的哥德風建築，將漆黑的影子落到鋪了白沙的道路上。

「…………好險啊…………」

Sky Raker仰望著夜空中微微發光的星星這麼說，春雪連連點頭表示同意。

「一點兒也不錯。我一瞬間還想說萬一碰到『太空』空間該怎麼辦……」

Silver Crow在沒有空氣的太空就飛不起來，所以只能先等到自動斷線，然後花10點點數重新連進來。但所幸這裡不是「太空」，而是「月光」空間。不但外觀漂亮，也沒有棘手的地形效果。要說有什麼特徵，也只有聲響會傳得很遠，公敵很少，以及影子裡非常便於埋伏這幾項。

「……不過，我還真有點想見識見識太空空間的公敵是什麼樣子呢……」

Raker回過頭來說出這樣的話，讓春雪趕緊連連搖頭：

「我……我才不要，一定是一些噁心的太空生物。」

「哎呀，說不定是帥氣的宇宙怪獸喔。也許還會跑出ＭＳ之類的。」

「…………原來如此，是這樣的話倒還……」

「我想了想，覺得還是異形那類的比較有氣氛。就是會寄生、會噴酸液那種。」

「唔噁，酸液我可敬謝不敏。」

春雪再次發抖，朝站在身旁的Raker瞥了一眼。

她一如往常地戴著白色帽子，穿著白色連身裙，但並未召喚輪椅。她以高跟鞋狀的雙腳牢牢踏在大樓屋頂的地面，讓夜風吹動一頭藍銀色頭髮。

「……我說啊，鴉同學。」

楓子微微放低音量這麼說，於是春雪朝她走近一步。楓子低頭看著鴉雀無聲的象牙白街景，慢慢開始述說：

「小幸的情形，我其實也多多少少聽她說過……當然我也不想和小幸分開。不但不想分開，甚至還好幾次邀她來我上的高中。只是很遺憾的，我沒能讓她點頭。」

「咦……這是為什麼呢？」

「因為是女校，大概吧。」

楓子這麼回答後，對睜大眼睛的春雪一瞬間露出微笑，然後將晚霞色的鏡頭眼對向頭頂的滿月。

「當我知道有可能和她分隔兩地時……我滿腦子只有一個念頭，就是想著要如何才能維持現狀。偷偷告訴你，我甚至想過……想過如果和白之團與加速研究社相關的問題拖久一點，也許小幸就會願意留在東京。可是……你卻不一樣呢，鴉同學。你想到的是既然時間有限，就要在這有限的時間內，儘可能帶小幸去到更遠的地方。去到加速世界中流動的無限時間終結的地方……」

楓子那溫和又富有抑揚頓挫的嗓音中，蘊含了一抹悲戚，讓春雪聽了後連連搖頭：

「哪裡……我也是。我也想一直和黑雪公主學姊在一起。我根本不希望她去到遙遠的地方。可是……學姊第一次跟我說起以前的事情時，我就跟她說過，既然BRAIN BURST是一款遊戲，追求破關就是理所當然。我不想讓這句話變成謊話，所以……我……………」

春雪說到這裡，再也說不下去。

楓子用雙手輕輕抱住他，輕聲說：

「……不用擔心。只要不斷追求、前進，就找得到路。你的努力，絕對不會白費。我也會盡我微薄的能力幫你。為了小幸，為了軍團……也是為了鴉同學你。好了……我們走吧，前往禁城。」

春雪破壞自己家公寓大樓的牆壁與梁柱，集滿了必殺技計量表後，將楓子橫著抱起，從最頂樓起飛。

他夾雜滑翔，以節能的方式朝東前進。飛過中野戰區後，去路上就看到西新宿的高樓大廈群。他從被月光照得亮麗的尖塔間穿過，越過山手線，看著寬廣的新宿御苑出現在右手邊，一路往前飛行。

沒過多久，一個巨大得無以復加的結構體出現在遠方。一座被無底峽谷圍繞的純白城堡。美得像是夢境，可怕得像是惡夢，既是加速世界的中心，也是到不了的盡頭。

呈正圓形、寬五百公尺的峽谷上空，有著由常態發生的超重力所構成的無形屏障，誰也無法飛越。要渡過峽谷進入城內，就必須經過架設在東南西北四處的大橋，以及大橋後方高達三十公尺的城門。

楓子默默地看著由四座城門保護的禁城好一會兒，忽然仰視春雪說：

「你已經決定好要從哪個門進去了嗎？」

「啊……是的。」

春雪點點頭，微微拉高高度再說下去：

「起初我本想選北門。因為我聽說四神當中，就只有把守北門的玄武沒有飛行能力。」

「這的確是沒錯。」

「可是，北門、東門，還有西門，在地形上都有點問題。」

春雪在能夠把四座城門全都看清楚的高度懸停，將自己花了一整天想出來的構想解釋給楓子聽。

由四神玄武把守的禁城北門相當於現實世界的「乾門」，青龍把守的東門則相當於「坂下門」，朱雀把守的南門相當於「櫻田門」，白虎把守的西門相當於「半藏門」。其中乾門、坂下門、半藏門，從門前延伸出去的道路，都有大幅度的彎曲，或是沒過多遠就有建築物擋住，看不到底。

就只有櫻田門，從橋邊到麻布台一丁目的路口，有著長達約二·二公里的櫻田大道幾乎呈直線延伸。上次的助跑距離約為兩百公尺，所以算來長達十一倍。

「……這次也是一樣，我打算在衝進四神的湧出區域……也就是衝上門前大橋之前，儘可能加速到極限。可是，我的飛行能力比上次提昇了一點，所以我希望儘可能多留點助跑距離。」

「原來如此……也就是說，南門就是最適合的路徑了？」

「是。師父覺得呢？」

春雪這麼一問，楓子就略一思索，然後回答：

「……四神都各自有著很有特色的攻擊能力。玄武是重力攻擊，青龍是吸收等級，白虎是高速機動，朱雀是飛行能力和火焰攻擊。每一種能力都很可怕，但最能克制鴉同學飛行能力的，應該還是白虎和朱雀。畢竟要躲過白虎以接近瞬間移動的速度揮出的爪子，可說是難上加難，而且要正面突破朱雀的火焰也是不可能的。」

「……是……」

春雪回想起就在整整一個月前的六月十八日所進行的Ardor Maiden救出作戰，點了點頭。

當時靠楓子的疾風推進器輔助加速而衝上大橋的春雪，之所以並未受到四神朱雀的火焰迎擊，是因為黑雪公主以心念攻擊「奪命擊（Vorpal Strike）」引開了朱雀的注意。但這次沒有同伴可以提供支援。他說什麼都必須只靠自己和楓子兩個人，想辦法去到城門前。

「……上次從黑雪公主學姊衝上大橋，到朱雀出現完畢，大概花了三秒鐘。只要能在這三秒鐘內，突破長五百公尺的大橋，就不會受到朱雀攻擊。」

「原來如此……三秒五百公尺，也就是時速六百公里了。」

楓子發揮高超的心算能力做出這樣的回應後，春雪晚了一拍才回答：

「這……說得也是。只靠我的飛行能力本身，最高速度是時速五百公里，如果用上心念『光速翼（Light Speed）』，可以達到時速一千公里。然後再加上師父的疾風推進器，我想應該有可能超過音速……也就是時速一千兩百公里。」

「可是，我們必須把兩人份的質量和空氣阻力也算進去。如果單純假設速度會減半，時速六百公尺就是剛好夠而已……可是，就算是這樣，我可不會讓你一個人去喔。」

聽楓子強調這一點，春雪連連點頭。

「是……是的，我明白。其實……還有另一個能讓速度更上一層樓的可能性，只是這裡頭有點不確定因素……」

「哦……？」

楓子歪了歪頭。

「呃，詳細情形就等到了起飛地點我再解釋！」

春雪這麼說完，就繼續移動。

他在四谷附近轉往東南方行進，將禁城留在左手邊飛行。越過化為莊嚴神殿群的永田町政府各機關後，穿越有著豪宅林立的赤坂到六本木一帶，就漸漸看到目的地的麻布台一丁目。

春雪在寬廣的路口正中央著地，輕輕將楓子放到地上讓她站好。

兩人默默看著往北延伸的櫻田大道。在道路長度的二・二公里加上大橋五百公尺長度前方，依稀可以看見禁城的輪廓。

「……那，你剛才說的『可能性』到底是什麼？」

楓子拉回視線問起，春雪清了清嗓子後回答：

「是……那，我就先叫出來再說。」

他在護目鏡下閉上眼睛，集中精神。

透過從無限制中立空間（Mean Level）的自己，延伸到高階世界Hiehest Level的細小連結，對「她」呼喚。

——妳聽得見嗎？

——我需要妳的幫助。

——要是妳聽得見，可不可以現身……

一陣鈴鐺震動似的聲響慢慢接近。對戰虛擬角色的核心（Core）和這個聲響共鳴、同調，過不了多久，聲響融入春雪體內，再也聽不見了。

春雪將雙手舉到胸前，慢慢睜開眼睛。手掌上產生了一團白色的光芒，轉眼間就形成一個由圓環、紡錘體與翅膀構成的小小立體圖示。

「……嗨，梅丹佐。謝謝妳出來。」

春雪對神獸級（Legend）公敵「大天使梅丹佐」終端機圖示這麼一呼喚，身旁的楓子就眨了眨鏡頭眼。

但圖示只慢慢拍動翅膀，並不回答。

「…………呃……梅丹佐……？」

春雪又呼喚了一次她的名字，同時伸出右手食指就想去戳圖示——

圖示用翅膀拍開他的手指，發出有點帶刺的聲音：

「還真是久違了呢，我的僕人Silver Crow。」

「啊……對……對不起，我有很多事情很忙……」

「你不必道歉。可是，你這麼長的時間都不露臉，我為什麼就非得幫你不可？」

「真……真的對不起啦……」

春雪唯唯諾諾地低頭道歉，想讓她心情好起來，楓子就一副傻眼的模樣說：

「鴉同學，你的寵物還真是一樣難搞啊。」

「無禮，妳說誰是寵物了！記得妳叫Sky Raker來著，給我立刻跪坐坐好！」

……看吧，不確定因素超多的。

春雪忍不住在心中這麼說。

接下來他們花了三分鐘，才勉強安撫好梅丹佐。移動本身花了二十分鐘出頭，所以距離自動斷線的保險措施啟動，還剩下一小時又三十分鐘。考慮到在禁城內還需要花時間確保安全的所在，也沒辦法花太多時間在準備上。

「……那，Silver Crow，你到底要我做什麼？」

梅丹佐總算願意聽他說話，讓春雪急忙解釋：

「這個，我想再借用妳的翅膀。」

「什麼嘛，就這點小事？那副翅膀我一直都借給你，不用每次都徵求我同意才裝備。」

「系統上是這樣沒錯，但畢竟是跟妳借來的嘛。而且，我還有另一件事需要妳幫助……」

春雪一說到這裡，圖示就不高興地讓頭上的光環閃爍。

「要說幾次你才懂？現在的我還在修復當中。如果要跟那些叫加速研究社的人打，我是很想痛宰他們，但遺憾的是我的力量還沒……」

「不……不是啦，今天要對付的不是那些傢伙。」

春雪為了讓梅丹佐也看得見，一邊朝北舉起圖示，一邊將今天這個自發性任務的內容告訴她。

「呃……我們等一下，就要闖進禁城。」

一聽當這句話，圖示立刻停下翅膀的動作。

圖示先落到春雪手掌上，才再度拍動翅膀飛起。然後讓身體翻轉過來，讓光環發出猛烈的閃光。

「——蠢材，這你要早說啊！」

「哇啊，對……對不起。」

「我是多麼渴望得到區域00……也就是你們說的『禁城』的情報，你又不是不知道！既然要侵入那邊，我就不能不去。反而要是你不找我，等我力量恢復之後，我已經連續蒸發你十次了。」

「啊……啊哈，啊哈哈……」

春雪只能生硬地乾笑，楓子則從他斜後方再度傻眼地喃喃說道：

「這個人真～的是有夠難搞的說。」

裝備上疾風推進器的楓子，以及裝備上梅丹佐之翼的春雪，在麻布台一丁目路口正中央面對面站好。

上次之所以採取春雪騎在楓子背上的方式，是因為楓子只擔任彈射器的角色，在大橋入口就準備脫離。這次他們兩人都要衝進去，所以就需要採取能讓虛擬角色彼此結合得更緊密的隊形。

——這個道理他懂，但實際跟楓子面對面相擁，還是很難保持平常心。春雪讓雙手固定在要緊不緊的角度，整個人臉紅心跳，楓子就嘻嘻一笑，靠近一步，雙手繞到春雪背上說：

「鴉同學還真是一點都沒變。」

「……對……對不起，我這麼沒長進……」

「不變也是有好處的。」

他們正說著話，搭在春雪右肩上的立體圖示就不耐煩地發話：

「你們還在拖拖拉拉什麼？準備好了就趕快飛啊。」

「好……好啦。」

春雪也將雙手繞上Sky Raker的背與疾風推進器之間的空隙，將她擁進懷裡。

「你要固定得更牢一點才行。」

楓子一邊這麼指示，一邊雙手用力，於是春雪也依樣畫葫蘆。對戰虛擬角色的裝甲都很堅硬，卻又讓他覺得這當中有著幾分柔軟，讓春雪思考的檔次打空，但他還是搖搖頭切換思緒。接下來可不容他有一毫秒的鬆懈，他非得將所有能量都集中在飛行上不可。

「我在下面就好。飛行路線的微調就麻煩鴉同學了。」

楓子這麼指示，春雪先深呼吸一次後才回答：

「了解。疾風推進器的噴射時機，也由我來告知。」

「拜託你嘍。我的必殺技計量表和推進器的能量計量表都滿了。」

「我也是。」

兩人這麼相視點頭，右肩上的梅丹佐也以比平常快了點的速度說：

「我早就準備好了。」

「了……了解……倒是妳，會不會在飛行中掉下去？」

「我已經把和你的相對座標固定好，所以這不成問題。別管這些了，趕快開始行動。」

看著梅丹佐一副等不及的模樣頻頻拍動翅膀，春雪與楓子都露出淡淡的苦笑。也多虧這麼一笑，讓賴在心中不走的緊張感鬆開，心情愈來愈平靜。

「……那，我要飛了！」

春雪宣告後，只張開自己原有的翅膀，慢慢起飛。他在十公尺高度懸停，將身體往前倒，與地面平行。和他相擁的楓子會處在倒飛的狀態，但她看著上下顛倒的空間顯得十分習慣。

有著由蒼白月光照亮的櫻田大道，在他們兩人眼前就像跑道似的筆直往前延伸。消失點所在的遠方，依稀可以看到禁城壯麗的尖塔群。

最後的神器「The Fluctuating Light」，就沉睡在那座城堡的最深處「八神之社」當中。

過去大天使梅丹佐曾在Hiehest Level說過。

——這個統合三界的空間——照你們小戰士的稱呼是叫作「加速世界」——存在的理由，就在於突破位於世界正中央的異界「禁城」與其深處的「八神之社」，得到受封印的「The Fluctuating Light」。我確信如此。

也就是說，梅丹佐宣告ＴＦＬ就是對戰格鬥遊戲「BRIAN BURST 2039」的存在意義，而春雪也相信她所說的話。

——黑雪公主學姊。

——很抱歉我瞞著妳去做危險的事。可是，我一定會解開ＴＦＬ的祕密，回到學姊身邊。為了和學姊一起去到加速世界的盡頭。

春雪在心中對自己的劍之主這麼呼喚，然後睜開眼睛，瞪視直線道路的另一頭。

「……我們越過道路與大橋界線的瞬間，朱雀就會開始出現。我們要在牠出現的三秒內抵達南門，衝進禁城。」

春雪再度報出計畫內容，楓子就默默點頭。春雪也點頭回應，深深吸一口氣。

「開始倒數。5、4、3、2、1……零！」

春雪喊出零的同時，用力振動背上的銀翼。十枚金屬翼片拍動空氣，產生的強烈推力讓兩個虛擬角色就像砲彈似的加速。

道路兩旁林立的白堊建築物，化為慢動作的影片往後流逝。隨著一陣尖銳的高頻聲響不斷升高，空氣障壁的密度也不斷增加。

當體感速度達到時速兩百公里，感覺到靠飛行能力進行的加速漸漸變鈍的瞬間，春雪短短吼了一聲。

「喔喔喔！」

他在吼聲中，用力拍動新的翅膀——強化外裝「梅丹佐之翼」。有著刀劍般銳利形狀的翅膀迸出白光，打進第二檔的強烈推力讓兩人猛然加速。

「我的翅膀你也已經用得相當純熟了呢。」

靜止在右肩上的梅丹佐送來的思念，在腦海中閃過。春雪沒有餘力說話回答，一邊送出感謝的意念，一邊全力持續加速。

必殺技計量表急速減少，飛行速度則成反比地不斷上升，讓兩旁的建築物開始化為灰色的流線。

但到了時速四百公里，加速力再度鈍化。兩人份的質量固然不容忽視，但倍增的空氣阻力更是超乎意料地強勁。空氣化為高黏度的液體，試圖將他們兩人往回推。

春雪咬緊牙關瞪大的雙眼，捕捉到了位於行進路線右側的巨大建築物——虎之門山莊大樓的影子。這裡就是跑道的中間點。春雪牢牢抱住楓子的身體，半思念半出聲地大喊：

「——師父！」

「——了解！」

在這超高速的共感信號下，裝備在Sky Raker背上的疾風推進器迸出藍白色的噴射火焰。

第三檔的加速同樣極為驚人。強得無以復加的加速G，讓春雪覺得全身裝甲都快要散了。Silver Crow的四片翅膀發出的高頻聲響，和火箭推進器的驅動聲重合在一起。體感速度超過時速六百公里，視野不斷變得愈加狹小。

春雪在呈放射狀暈開的風景正中央，終於看見了目標。

看見了從櫻田大道筆直通往的大橋，以及盤據在橋後的大門。

理論上只要達到時速六百公里，三秒鐘內就能飛過長度為五百公尺的大橋，也就能在朱雀出現完成前抵達城門。但現階段的速度只夠剛好抵達，還需要再增加一階段的加速。

果然……非用不可！

春雪做出覺悟，專注想像。

想像光。想像貫穿一切的光。

Silver Crow的全身籠罩在一層淡淡的光芒中。心念的過剩光，將與他相擁的楓子，以及停在右肩上的梅丹佐，都籠罩了進去。

——上……啊啊啊啊啊——！

春雪在無聲的嘶吼過後，接著喊出：

「『光速（Light）……翼（Speed）』——！」

最高檔。

春雪所學會的唯一一種第二階段心念，產生了最後的加速力。壓縮的空氣障壁產生衝擊波，粉碎了兩旁的建築物。

時速七百……七百五十……八百公里。

跑道尾端愈來愈近。前方兩側再度看見高大的建築物。左側是警視廳，右側是法務省，再過去的地面則消失無蹤，只有一座大橋架在這道無底的斷崖上，連接外部空間與禁城。

離衝上大橋還有三秒……兩秒……

這一瞬間——

春雪在足以讓一切看在他眼裡都變成慢動作的超加速感覺中，看見了一個景象。

存在於禁城南門前方的「朱雀祭壇」，冒出了深紅色的火焰。火焰轉眼間變大，化為有著大片翅膀與尾巴的火鳥。

是超級公敵四神朱雀的出現特效。

——可是，為什麼！我們又還沒上橋！

染上驚愕色彩的哀嚎，迴盪在春雪的意識當中。

朱雀的出現時機比計畫中快了足足兩秒。照這樣下去，不可能在朱雀出現完成前穿過祭壇，衝進城門。但事到如今，他也不能停手了。因為現在才減速，到頭來也只會停在朱雀的領域當中。

——鴉同學，硬衝過去！

——Crow，上啊！

楓子與梅丹佐的思念同時在他腦中爆出火花。

「唔……喔喔喔喔喔喔！」

春雪大聲嘶吼，卯足所有系統上、精神上的能量，繼續加速衝上了大橋。

當他抵達大橋中點，四神朱雀終於實體化完畢。這隻翼展長達三十公尺，全身籠罩紅蓮烈火的不死鳥，將牠那發出紅寶石般光芒的喙張到最大，強而有力地拍動雙翼，浮上到春雪他們的行進路線上。

喙中發出橘色的閃光。是噴火攻擊。來不及了。一旦碰到火焰，春雪與楓子的體力計量表就會瞬間被燒光，陷入無法脫身的無限ＥＫ狀態……

忽然間，產生了一道強烈的光芒。

光源來自春雪的右肩。停在上頭的立體圖示，放射出足以令朱雀的火焰都顯得遜色的白光，發出的思念更充滿了威嚴，不辱大天使的威名。

「——冥頑不靈的獸，破壞的化身啊！我乃四聖之一，絕不容你阻擋我與我僕人的飛翔！」

這個聲音彷彿伴隨有實際的能量，在空間中擴散開來，讓朱雀的動作停滯了短短一瞬間。

緊接著，先前也曾聽過的超級公敵說話聲，有如爆焰似的席捲全場。

「——區區地洞裡的王，竟敢阻撓我四神！愚昧的反叛者啊，妳就和這些螻蟻之輩一起化為灰燼吧！」

實際上這些對話是並非透過言語，而是以思念進行，所以花的時間還不到一秒。

但這一秒卻是春雪在無限制中立空間體驗過的所有時間當中，最為寶貴的一秒。

朱雀重新做出噴吐火焰的預備動作。剩下的距離還有一百公尺。

火焰洪流從張成菱形的喙中解放出來。橘色火焰的前端發出強烈藍紫色光芒，顯示這道火焰有著駭人的超高溫度。

地獄之火從上空逼近，整個世界都被染成火焰的顏色。春雪以達到極限的超高速飛行，同時調整翅膀的角度來壓低高度。一旦楓子的背接觸到橋，兩人瞬間就會失去平衡，也就肯定會撞得彈起而被火焰吞沒，但若不儘可能貼近橋面，就躲不過噴火攻擊。

再一公分。再一公分。從這裡還有……五公釐。

處在倒飛狀態的楓子，不斷噴射的疾風推進器穩定翼發出嗤的一聲，輕輕劃過橋上的石板。

一粒噴火攻擊的火星濺到春雪背上，光是這麼一滴，就讓體力計量表足足被削減掉一成。

「喔喔喔喔喔！」

春雪發出無意識的嘶吼，同時卯足最後的想像力，不斷逃離從上空噴射下來的火焰。在十五公尺高度遊曳的朱雀，瞄準往前飛翔的春雪等人來改變噴吐的角度。但只要穿過朱雀的正下方，牠應該就沒辦法繼續攻擊了。

灑下的火星再度燒穿裝甲，削減他的計量表。疾風推進器也兩次、三次劃過橋面，擦出火花。

距離朱雀正下方的死角，還有五十……四十……三十公尺。憑現在的速度，這點距離應該轉眼間就會飛過，現在卻覺得遠得令人絕望。

不對，唯一不該有的就是絕望。要一心一意地相信，飛翔。相信楓子的疾風推進器，相信梅丹佐的翅膀，更相信自己的意志。

飛。飛。飛啊——！

閃光。

一道藍色的閃光，射穿了春雪睜大的雙眼。

不是噴火攻擊那貪婪的藍紫色。是一種無盡純真又無盡深邃的琉璃藍。是天空的顏色。春雪曾經看過一次的顏色。

光的來源是擋在前方的禁城南門。

不知不覺間，厚重的石門已經微微打開——開出了一人（虛擬角色）份的寬度。門縫後的陰暗處，靜靜站著一個人影。垂直落下的月光反射在裝甲上，照出甚至有些高貴的寶藍色。

人影右手收在左腰附近。這個姿勢讓春雪想起昨天才剛打過的鈷錳姊妹曾經用過的必殺技預備動作。

那是拔刀斬的——

就在春雪想到這裡的瞬間，人影全身迸出藍色的鬥氣——心念的過剩光，同時右手以快得只留下殘像的速度一動。這明顯是攻擊動作，但春雪對飛行的方向與速度都絲毫不去改變。

緊接著，一個有著年輕武士風格的堅毅嗓音宏亮地迴盪出來：

「『天叢雲（Heavenly Stratus）』！」

以超高速水平揮動，緊接著又加上垂直一刀的刀刃，畫出了十字劍光。

同時巨大的藍色十字，印到了直逼春雪等人面前的四神朱雀背上。

超級公敵迸發出憤怒的波動，微微失去平衡。本來已經漸漸跟上春雪背影的噴火軌道也因而偏離，讓火焰被吸到橋外的斷崖下。

——這是最後的機會！

春雪把剩下的所有能量都用掉，嘗試做出最後的加速。

他終於衝進了朱雀正下方的空隙。頭上湧來充滿憤怒的鬥氣，試圖壓住他們兩人。但這種壓力只是幻覺。哪怕戰鬥力遙遙不及四神朱雀，意志力卻不能輸。

春雪抵抗著這股壓力，把飛行路徑往上調。離城門還有三十公尺。只要衝進門縫，朱雀就不會再追來。

這個想法絕非大意或鬆懈。

但當春雪將意識從正上方的強敵轉移到前方城門的瞬間，超級公敵卻不放過這個空檔。

——Crow，上面！

梅丹佐的聲音迴盪在腦海中，同時一條鞭子似的帶狀火焰從正上方襲來。是朱雀的尾巴。

一旦被這尾巴甩中，保證會重重撞在橋上，當場斃命。

「誰會乖乖被……幹掉啊啊啊啊————！」

春雪一邊嘶吼，一邊只將左手從楓子背上放開，高高舉起。

春雪已經在發動第二階段心念「光速翼」。要發動兩種心念，春雪別說從未發動過，甚至從未嘗試過。但現在他非動手不可。

他任由光的想像集中在翅膀上，同時讓左手也產生出銀色的過剩光。

他朝直逼而來的不死鳥尾巴，將伸直併攏得有如劍刃的五指筆直插了過去。

「——『雷射劍（Laser Sword）』！」

一陣清澈的金屬聲響中，春雪左手伸出一柄兩公尺以上的光劍，斬斷了以火焰構成的朱雀尾羽，就在同時——

春雪懷裡的楓子同樣伸出左手，毅然呼喊：

「——『庇護風陣（Wind Veil）』！」

從她左手迸出的綠色過剩光，化為漩渦般的風，籠罩住春雪他們。心念的防護罩摒退湧來的火焰，激出大量的火星。但即使是楓子，也無法完全抵擋住朱雀的火焰，穿入防護罩內的火星接二連三燒穿他們兩人的裝甲。

春雪一邊感覺視野左上方的體力計量表急速減少，一邊將行進路線做出最後的微調。

他看準了「雷射劍」在朱雀的尾羽上創造出來的些許空檔。

然後身體一斜，將翅膀折疊成銳角，睜大雙眼——

「唔喔喔喔喔！」

然後發出最後的嘶吼，衝進小得有如針孔的活路。

就在和尾羽交錯的瞬間，視野染成了深紅色。體力計量表更加減少，低於五成。

下一瞬間，春雪與楓子就像彗星一樣，拖著點點火星的軌跡飛上了夜空——

他們聽著朱雀在後方發出充滿憤怒的咆哮，飛過最後三十公尺，衝進了微微開啟的城門門縫。

10

春雪不記得自己是怎麼著地的。

當他驚覺地醒來，整個人已經在純白的地面上被楓子抱住。

「…………師父…………這裡是…………？」

春雪直視Sky Raker的鏡頭眼，小聲問起。

但回答這個問題的不是楓子，而是在他頭上飄浮的立體圖示。

「我的僕人，你在說什麼傻話！這裡……這個空間，正是區域００！雖然還只是外圍部分，但我們終於入侵了這個隔絕空間！」

聽著這活力充沛的聲音，春雪的意識也漸漸變得清晰，於是嘿咻一聲坐起上半身。

「鴉同學，你還好嗎？」

這個問題真的是楓子問的，於是春雪連連點頭說：

「當……當然。請問……我昏過去多久了？」

「只有短短幾秒鐘。你的減速和著地都非常漂亮呢。」

「是……是嗎？……我想，那多半是自動駕駛模式……」

春雪搔著頭盔這麼回答後，重新確認現在的狀況。

頭頂有著懷抱巨大滿月的漆黑夜空，身體下有著以形狀複雜的地磚拼成的地面。「月光」屬性似乎仍在維持。

將視線慢慢往下拉，就看到二十公尺前方矗立著一塊垂直的石板。這由純白大理石製成的物體，是巨大的門板。現在城門已經不留一絲縫隙地關上，而且中央部分還以銀色的金屬牌鎖住。這個雕有四神朱雀模樣，被月光照得發出冰冷光芒的物體，是他過去也曾看過的「城門封印」。

相信多半是春雪等人衝進來，城門關上時重生的。但既然衝進來之前會是開的，也就表示果然是「他」——

春雪想到這裡的瞬間，終於完全醒來，整個人仍坐在地上，讓身體旋轉了一百八十度。

接著他看見了。

看見就在不遠處靜靜站立，卻蘊含著壓倒性存在感的深藍對戰虛擬角色。

他有著一身款式醞釀出貴人氣質的裝甲，左腰佩有一把直刀。天空色的鏡頭眼湛出寧靜的光芒，直視著春雪。

春雪深深吸一口氣，隔了一會兒後，才輕輕呼喚：

「……Lead……」

春雪這一呼喚——

他清爽的面罩嘴角透出淡淡的微笑。

細長的鏡頭眼中，冒出了有著溫暖色澤的光珠。光珠無聲地落下，在空中飄散消失。

深藍色的年輕武者虛擬角色Trilead Tetraoxide，在癱坐在地的春雪正對面，以端正的姿勢跪坐好，發出他輕快的美聲：

「好久不見了，Crow兄……你真的來了。」

「…………對不起，我這麼晚才來。」

春雪從一股熱流不斷上衝的胸腔，好不容易擠出言語。

「……可是，我來了。因為我答應過你……說會再見你一面。」

Trilead聽了後也深深點頭，說道：

「是啊，我一直相信……相信這個時候會來臨。」

他以令人覺得重力不存在似的動作起身，行雲流水地靠近過來，慢慢伸出右手。春雪拉住他的手站起，心中百感交集，重新和Tetraoxide握手。

這是春雪內心一直熱切盼望的重逢，他不可能不高興，但春雪卻一直覺得心中有種悲痛流過。

要是同樣期盼重逢卻未能如願的Wolfram Cerberus也在，該有多好？相信他一定也能成為Trilead最棒的朋友。

春雪嚥下這剎那間的感傷，再度用力握了握Lead的右手。然後放開手，退開一步，環顧四周。

這裡是設置在禁城南門內側的廣場。第一次來到的時候是「平安」屬性，逃脫時是「煉獄」，現在則是「月光」，所以外觀完全不一樣，但地形則幾乎完全相同。正方形的廣場，有一條寬廣的道路往北筆直延伸，連往莊嚴又華美的禁城正殿。通道兩旁有著哥德式圓柱以等間隔排列，柱子的壁龕中點著橘紅色的篝火。

但氣氛和上次有著決定性的差異。春雪正皺起眉頭，心想到底是哪裡不一樣……先前一直在他右肩保持沉默的梅丹佐就出聲了：

「在以前我查看過的Silver Crow記憶裡，這個地點應該部署了多個敵對性高階Being。叫Lead的小子，這些都是你排除掉的嗎？」

沒錯，就是這一點。

無論入侵時還是逃脫時，春雪與Maiden都費了九牛二虎之力，來躲避在這裡徘徊的衛兵公敵(Being)巡視。但現在至少視野當中，連一個公敵的影子都看不見。

Lead被這個全長不到十公分的圖示叫到名字，似乎也不免嚇了一跳，先連連眨眼，然後才很有禮貌地回答：

「不是，並不是這樣。因為憑我一個人，實在打不倒把守這個廣場的公敵。」

「憑你一個不行……可是禁城裡……」

春雪不解地一句話說到一半，就在這時……

站在一旁的楓子迅速抬起頭。春雪也順著她的視線，仰望夜空。

廣場與通道的界線上，有著一根格外高聳的圓柱。圓柱頂端有著一個人的身影。

裝甲的顏色是融入夜空的黑，但蒼白的月光照出了這人尖銳的輪廓。

「…………我愈來愈有非常不好的預感了。」

就在楓子剛說完這句話之後。

這個人想也不想，就從高度怕不有二十公尺的圓柱跳了下來，先在空中表演一手連續空翻，才漂亮地完成落地。

春雪認識這個大步走來的漆黑對戰虛擬角色。

就在短短四天前才在澀谷戰區對打過，春雪不可能會看錯這個人的身影。但這個人不可能存在於這裡。這是有理由的。

「…………為什麼…………」

春雪以沙啞的聲音低呼，楓子則從他身旁跨上兩步。

黑色虛擬角色在離楓子只有兩步遠的距離停下腳步，以顯得輕佻的聲音與態度打了招呼：

「嗨，蕾卡、Crow。好久不見……好像也沒有很久，就四天沒見了。我和搭在Crow肩上的這位是第一次見面嗎？不……想想又覺得好像很久以前打過啊。」

輕輕揮著右手的虛擬角色雙肩後頭，露出了交叉背在背上的劍柄。

長城「六層裝甲」第一席。

「矛盾存在」Graphite Edge。

錯不了。可是，他為什麼能夠出現在無限制中立空間的禁城內？他不是應該還在禁城北門外側的四神玄武祭壇邊，陷入無限ＥＫ狀態嗎？

春雪正茫然呆立，從Graph身旁踏上一步的Trilead又帶給他更大的震撼。

這名年輕武士虛擬角色，依序看了看春雪與楓子，然後說出了一番令人意想不到的話。

「看來兩位都已經認識，但為防萬一，還是讓我做個介紹吧。這位是Graphite Edge，是教我劍術與超頻連線者心得的師父，同時也是將BRAIN BURST程式給了我的『上輩』。」

（待續）

Accel World 18

紅焰的軌跡

1

拿刷子將鏡面淋醬，刷在奶油上頭的草莓上。淋醬裡摻了草莓果醬，所以有著淡淡的粉紅色。

只要是紅色的，不管什麼液體她都怕——即使不是餐飲類，例如芳香精油或洗潔精之類的東西也一樣。但若只有這點濃度，她就不會在意。她迅速但細心地動著手，替無數草莓抹上亮麗的光澤。

結束這道工序後，她轉動大理石轉盤，檢查做得好不好。六號尺寸，也就是直徑十八公分的全個蛋糕上，裹著一層純白的奶油，上面以放射狀方式放了大量的草莓，底下則擠有格子狀的奶油，就是這個蛋糕名稱的由來。法語名稱是「Le Labyrinth de la Fraise」，日語名稱則是「草莓迷宮」。就算切成片，每片蛋糕上還是有多達三個草莓，就是這款蛋糕的賣點所在。

掛居美早自己檢查過後，抬起頭來，朝挨著站在她右邊攪拌起司蛋糕的一名四十幾歲的女性開口說：

「麻煩檢查。」

這名女性──美早的姑姑冰見薰，把調理盆放到工作桌後走過來。她把美早完成的蛋糕轉了一圈後，微微一笑：

「不錯嘛，喵喵，剩下的『草莓迷宮』也交給妳嘍。」

「Th……」

美早鬆了一口氣，一句THX（謝了）差點脫口而出，這才趕緊改口說：

「謝謝妳。」

姑姑點點頭，回到自己的崗位上之後，美早嘴角也微微露出笑意。平常她不太笑，但現在實在沒辦法。因為這是姑姑第一次說由美早完成最後一道工序的蛋糕可以直接拿到店裡賣。

美早先將剛完成的草莓蛋糕放進冰箱，然後把下一塊海綿蛋糕放到轉盤上。她捧著裝了奶油的調理盆，用抹刀把奶油抹上去。動作要大膽且細膩，重要的是節奏。無論是做蛋糕、騎電動機車──還是在「那個世界」對戰，都是一樣的。

美早將動輒跑往那方面的意識，專注到眼前的蛋糕上。今天是星期六，是她會來這間店的日子。她每次都點草莓迷宮，所以也就表示美早剛做好的蛋糕，將會被她吃進嘴裡。要是做得不好，甚至有可能會影響到傍晚的領土戰爭。當然她是「純色之王」，所以不會直接出現在戰場，但為了防衛這練馬戰區以及相鄰的中野戰區，進行團隊的編組與擬定作戰計畫，都是她非常重要的工作。

……呃，結果還是忍不住去想了那邊的事情。擔任這間店甜點主廚的姑姑，穿著廚師服時非常嚴格，一旦做事時心不在焉，立刻就會被她斥責。美早以實習立場進廚房，已經過了兩年以上，但至今仍是受到的斥責比誇獎還多。

但這不成問題。正因為姑姑是這樣的人，美早才能放心把廚房交給她掌理。自從將這間從父親手上繼承下來的店改裝成蛋糕店以來，她從未在經營上覺得不放心。

沒錯——今年就讀高中一年級的美早，是「Pâtisserie La Plage」的見習甜點師兼女服務生，還是業主兼經營者。

父親生前在練馬區櫻台經營咖啡館，他因一種叫作偶發性擴張型心肌病變的頑難心臟病而驟逝，是四年前的事，也是美早十二歲那年的秋天。

說來有點對死者不敬，但出席葬禮的親屬人數之多，讓美早嚇了一跳。因為父親是個熱中於興趣的人，最愛咖啡與機車，在多半從事穩健職業的掛居一族當中被視為異端，幾乎從不和親戚往來。

當美早好不容易盡完喪主的職責，幾乎陷入虛脫狀態，但親屬們不給她時間自己一個人在家裡咀嚼悲傷。這些叔伯姑嫂立刻就在除齋的宴席上，開始商量美早今後的問題。

父親還躺在病床上時，就和抗拒的美早懇談多次，寫下了正式的遺書，交代自己死後的事情。由於母親也在很久以前就已經過世，父親名下的土地、店面，以及金額不小的存款，全都讓美早繼承，並申請國家扶養制度，美早在國中畢業前都將進入練馬區的全校住宿制學校就讀。遺書上應該寫著這樣的事項。

美早一告知這件事，叔伯姑嫂們就異口同聲地大喊：「開什麼玩笑！」，主張小孩子需要家庭，應該由他們之中找個家庭好好扶養。接著美早一說：「我不想離開這個家」，他們就開始井井有條地說服。

繼承不動產需要繳出大筆稅金，這時最好把住家和土地（當然那輛火紅的義大利製電動機車也不例外）最好全部變賣掉。在美早妳長大之前，我們會好好幫妳管理——

過了五年之後的現在，美早仍然認為他們是出於善意。無論是什麼樣的家庭，要扶養一個就快要上國中的小孩，相信負擔都會很大。所以有好幾個親戚要美早去他們家，讓她嚇了一跳。她吃驚又感謝，但同時也不願意到這些不理解父親人生觀的大人們家中，當他們的小孩。

美早當場先對這些親戚說要保留回答。說父親過世讓她非常悲傷，而且今天也累了，要大家給她一點時間考慮。叔伯姑嫂們對看一眼，心不甘情不願地答應後，說明天傍晚以前會再來，於是回到了池袋的旅館去。

美早從翌日早晨就有了行動。她去見了父親的四個兄弟姊妹之中，唯一在葬禮結束後就靜靜離開的姑姑——冰見薰。

美早去見了在赤阪一家大飯店內的蛋糕店擔任甜點師的姑姑，照父親的交代，應該要請她收養自己——但美早並未這麼做。美早是來挖角她的。美早說自己要將從父親手上繼承下來的咖啡館改裝成蛋糕店，希望她擔任這間新店的甜點主廚。

姑姑在這間有名店家的廚房擔任要職，所以美早並不認為她會輕易說出ＹＥＳ。美早早有覺悟，決定如果拜託三次，得到三次ＮＯ的回答就要死心，而姑姑只問了她一個問題。

「妳之所以要把咖啡館改裝成蛋糕店，是為了找我過去？」

美早立刻否認。

「不是這樣的。是因為在那裡開蛋糕店，是家父家母的夢想。直到我還是個嬰兒時，家母就因病過世為止。」

姑姑整整想了一分鐘，然後回答了一句話：「好。」

過了一陣子後，美早問起姑姑，問她說這個請求那麼重大……重大得足以左右才三十幾歲的姑姑將來的人生，為什麼姑姑會那麼乾脆就答應。結果姑姑微笑著告訴了她答案。

姑姑說美早那只比她小了一兩歲的父親，只跟她說：「要是我有個什麼萬一，美早就麻煩妳了。」但美早的母親剛與父親結婚時，則和她約好：「我們之中有人要開蛋糕店時要互相幫忙。」姑姑說那是遠在美早出生很多年以前……是姑姑和美早的母親都還在就讀調理師學校時的事情。

美早是在這個時候，才知道把母親介紹給父親的人，就是姑姑薰。

其他叔伯姑嫂，對美早與她姑姑薰的選擇沒有一點好臉色，但事情已經發展到不容他們有異議的階段。這天晚上，所有親戚都回大阪或仙台去，他們前腳剛走，薰姑姑和小美早兩歲的堂妹後腳就來到了美早位於櫻台的住家兼店面。當時美早絲毫沒有料到，這位堂妹也會為她帶來和姑姑同樣重大的轉機。

姑姑為美早指出了經營她雙親的夢想——經營蛋糕店的這條路。

堂妹則給了美早一個世界，讓她可以將自己一直壓抑的悲傷昇華。

她的名字叫作冰見晶。當時她還就讀國小四年級，而她留著一頭極短髮，穿著連帽外套與細管斜紋褲，戴的眼鏡款式又很簡單，醞釀出一種中性的氣氛。

由於列席父親葬禮的都是成年人，美早已經有兩年沒見到晶了。對國小生而言兩年是非常漫長的時間，而且美早和晶的個性也都離健談兩字十分遙遠，所以當她們兩人不巧需要獨處時，美早就會覺得有些氣悶。

然而晶卻鎮定到了令人不可思議的地步，她先用她那雙水底般寧靜的眼睛直視美早，然後遞出了一樣東西。那不是物體，是一個程式。是用來解放靈魂，讓靈魂「加速」所需的鑰匙。

美早與晶在自己家後面的車庫裡，並排坐在大型機車的座位上，去到了那個不可思議的世界後，美早終於哭了。她一哭再哭，把一輩子的眼淚都流光了。

從那以來的四年裡，美早不曾流過一滴眼淚。無論在現實世界，還是加速世界。

沒錯，她沒有空哭泣了。時間以猛烈的速度流動。哪怕意識加速到一千倍，時間的流動也不會停止。她必須朝著定下的目標所在，拿出自己最快的速度持續飛奔。就像以強健的腳步在草原上飛奔的豹一樣。

2

平日當然要上學，所以美早只能幫忙晚上的備料工作，但星期六她就會整個上午都進廚房，下午則把廚房服換成女服務生的制服，站在店面服務。

美早也想把重點放在學習做蛋糕的技術，但姑姑的想法是既然有志當個甜點師，對服務客人也應該要經歷過。要笑得親切雖然困難，但試著做過之後，就發現從事櫃檯的業務也很開心。尤其是看著小朋友們在排了各式各樣蛋糕的展示櫃前眼神發亮的模樣，心中就會充滿一種不可思議的溫暖。

問題是在於姑姑提出的制服，屬於這年頭最流行的女傭服款式，但既然姑姑都說這是美早過世的母親在學生時代素描出來的款式，美早也不得不接受。這種款式讓美早以外的兩名女服務生也頗有好評，而且都穿了三年，再怎麼說也習慣了。

上午由美早完成最後一道工序的——雖然很遺憾的海綿蛋糕（génoise）是姑姑烤的——草莓迷宮，到下午三點就幾乎賣完，只剩下最後兩個。美早正有點心驚膽跳地反覆看著虛擬桌面時鐘，結果就在快到美早下班的三點三十分前不久，聽到模擬門鈴的合成鈴聲響起。

自動門尚未完全開啟就溜進店裡的，是個穿著白色襯衫與深藍色百褶裙制服的嬌小少女。是美早以前也讀過的全校住宿制學校國小部制服。

「歡迎光臨。」

美早這句招呼聲當中，應該並未表露出鬆了一口氣的心情與期待，但少女一和她目光交會，就慧黠地笑了笑。少女甩著綁在頭兩側的紅髮，快步走到展示櫃前，盯得幾乎讓她那長著點雀斑的鼻子都要貼了上去。

少女背上火紅的書包都被帶得傾斜，美早莞爾地聽著裡頭的平板形終端機與其他教材晃動的聲響，靜待少女點餐。說是等她點餐，但美早早已知道她會點什麼。這位少女顧客一看到托盤上剩下的兩個草莓蛋糕，立刻表情發亮。

「Lucky，還有剩！請給我一個草莓迷宮！」

「『草莓迷宮』一個是嗎？好的，請稍候。」

穿著制服的時候終究不能只說一句「ＹＥＳ」，所以美早正經地回應，但還是省略了問她要內用或外帶的問題。接著也不準備盒子，而是備妥盤子，然後抽出冷藏展示櫃的拉盤。

美早小心翼翼地將一個「草莓迷宮」從蛋糕展示盤挪到小盤子上後，又聽到了自動門告知顧客上門的鈴聲。接著就是好幾個猛力跑過來的腳步聲，以及活力充沛的叫聲。

「我要草莓的迷宮！」

「紗菜也要草莓的！要很多草莓的！」

新來的客人，是一對大約各只有五歲和四歲左右的小女生，狀似她們母親的女性也從她們後面跟著進到店裡。美早先說聲：「歡迎光臨。」，然後把招呼客人的工作交給另一個女服務生，自己就要移動到結帳櫃檯。但這時她預感到會發生問題。

這對看似姊妹的小女生，似乎同時注意到了展示櫃裡的「草莓的」只剩最後一個。她們對看一眼，先經過一瞬間有如劍客互相看準間距似的沉默，然後異口同聲地大喊：

「紗菜要草莓！」

「不行，是我先說的！」

「不管！草莓的——！」

妹妹的眼睛立刻浮出眼淚，追上來的母親則為難地皺起眉頭，眼看她正要說出「妳是姊姊，要讓妹妹」之類的話，結果就在這時……

先點了「草莓迷宮」的那名背紅色書包的少女，輕輕地露出微笑，對美早說：

「不好意思，我要改點別的。給我一個櫻桃撻。」

說完立刻蹲下去，伸手到這個眼眶含淚的小女生頭上輕輕摸了摸。

「來，妳看。草莓的變成兩個了。」

美早悄悄回到展示櫃前，再次拉開拉盤，將盤上的「草莓迷宮」放回去。她將拉盤收好後，妹妹就睜圓了眼睛。

「變成兩個了！媽媽，草莓的，有兩個！」

聽小女生說得開心，少女也面帶笑容站起，朝著以過意不去的表情對她低頭的母親輕輕點頭致意。

美早從另一個拉盤將櫻桃撻挪到盤子上，然後再度移到結帳櫃檯，同時覺得有種淡淡的心痛。

先點了草莓蛋糕的紅髮少女是國小六年級生。比起這對多半還在讀幼稚園的姊妹，的確年長得多，但看在大眾眼裡，她的年紀仍然還屬於幼小的兒童。即使她不放棄一週來一直期待吃到的蛋糕，也沒有人會怪她。

但她在那種狀況下，不願忽略——也或許是無法忽略——幼兒的眼淚。她從很久以前，就不再有這種孩子氣的感覺。原因很簡單，因為如果單純比較「精神所度過的時間」長度，那麼十一歲的她恐怕還凌駕在十六歲的美早之上。

美早走到位於櫃檯右端的結帳終端機，讓結帳視窗浮現在視野中。這名少女顧客也朝上面顯示的「櫻桃撻一個四百三十圓」字樣瞥了一眼，想了一會兒後，補上一句：

「請幫我加一杯冰奶茶。」

「好的。」

美早點點頭，從菜單視窗追機套餐飲料。視窗上的合計金額變成六百圓，少女觸控了上面的確認按鈕後，就聽到叮的一聲模仿老式現金結帳操作聲響的音效。

櫃檯上的結帳終端機，的確可以出納現金……也就是現實中的貨幣，但這項功能一個月未必用得上一次。對於現在這個時代絕大多數的人而言，錢已經變得只是神經連結裝置中顯示在視野中的數字。只要將電子貨幣帳號與銀行帳戶連結，甚至還會自動補足餘額。

但美早知道。她知道紅髮少女為了買櫻桃撻與冰奶茶的而支付的六百圓，是從學校配給的少許生活費中省吃儉用，才存下來的錢。更知道這星期六午後的下午茶時間，幾乎可說是少女唯一允許自己享受的奢侈。

結帳視窗消失後，美早壓抑住心中的漣漪，說道：

「冰奶茶需要一點時間，請您在餐桌座位稍候。」

「好～」

紅髮少女笑瞇瞇地一笑，就走向設置在店內角落的內用區。

美早先目送她小小的背影離開，然後走到位於結帳櫃檯另一頭的迷你廚房，開始準備紅茶。少女沒能吃到「草莓迷宮」，那麼至少也要讓她喝到好喝的茶。

過了三點三十分後不久，美早和晚班的女服務生交接，下了班。

她一邊走向一扇掛著「工作人員專用」牌子的門，一邊朝用餐區瞥了一眼。在窗邊的一張桌旁，紅髮少女早就吃完櫻桃撻，用手指在虛擬桌面上滑動，結果這時少女似乎注意到有人在看她，抬起頭來。少女注意到是美早，輕輕一點頭，拿起放在旁邊椅子上的書包站起。

即使少女與美早一起穿過通往後棟的門，櫃檯的兩名服務生都不顯得在意。美早跟店裡的人說少女是她的學妹（這倒是事實沒錯），每週星期六傍晚會教她功課。

後棟裡依序是辦公室、盥洗室，以及工作人員用的更衣室，但美早並不進這些地方，而是一路走到底。離四點還有二十五分鐘，沒有空慢慢換衣服了。她解開最裡面那扇門的電子鎖，先讓少女進去，然後自己也跟進去。

這約有三坪大的歐式房間正中央，只擺著矮桌與沙發。以前這裡還是咖啡館時，會當作小小的包廂使用，但現在改成蛋糕店就用不到這樣的地方，讓這裡成了棄置的空間，美早也就順理成章地拿來用在私人用途上。

當門再度鎖上的瞬間，紅髮少女甩下了先前模範生的樣貌，一頭倒到沙發上。她穿著白襪的雙腳邊啊邊的，發出「嗚嗚嗚～～」的怪聲。

美早重新繃緊差點笑開的嘴角，說道：

「……既然會這麼不甘心，自己吃掉不就好了？」

結果立刻聽到孩子氣的嚷嚷：

「我才沒有不甘心！是在把對草莓的眷戀轉換成動能！」

少女最後將雙腳用力一伸，整個人往後仰，雙手抱在腦後。

「……而且要是覺得不甘心，對做了櫻桃撻的薰主廚就說不過去了吧？櫻桃撻也有夠好吃的。」

「……這樣啊。」

少女似乎從美早這只是點點頭的反應中，敏感地看出了是怎麼回事。她微微抬起頭，用一對在某些光線角度下會反射出綠色的大眼睛看著美早。

「該不會，今天的『草莓迷宮』是Pard妳做的？」

被少女問得一針見血，美早也不能馬虎帶過。她小心不要反映在表情上，簡短地回答：

「只有裝飾。海綿蛋糕是主廚烤的。」

「……這樣啊……不好意思，我讓給別人吃了。」

少女坐起上身就要低頭道歉，於是美早趕緊說：

「不用道歉。反而是我該跟妳說聲謝謝。要不是Rain在那個時候讓出蛋糕，她們一定會哭的。」

「小孩子就是要多哭才會變強——總覺得薰主廚大概會說這樣的話就是了。」

少女的回答讓美早終於微微露出微笑，斬釘截鐵地宣告：

「以後星期六的『草莓迷宮』，最後的步驟都由我來完成。」

「喔，那下週可就令人期待啦。」

少女嘴角上揚地一笑，甩動綁起的紅髮，收起了說笑的表情。

「那，差不多該開始領土戰的作戰會議啦。今天聽說『Helix』會打來，一旦鬆懈，可是會被他們吃掉的。」

「K。」

美早簡短地應聲，然後在一次深呼吸中切換了意識。從蛋糕店的女服務生，切換成軍團「日珥」的副團長Blood Leopard。

她坐到沙發上，從裝設在桌子底下的家用路由器拉出XSB傳輸線。這間作戰會議室施有電波阻隔防護，只有透過有線方式，才能連上全球網路。

美早將接頭接上神經連結裝置後，坐在她對面的少女——日珥團長紅之王Scarlet Rain，上月由仁子——也同樣接上自己的裝置，然後右手豎起兩根手指。這不是在比勝利手勢，而是開始倒數的信號。

「２、１。」

美早配合這簡短版的倒數計時，唸出了四年前學到的魔法咒語（語音指令）：

「超頻連線。」

3

「BRAIN BURST 2039」是一款完全潛行型對戰格鬥網路遊戲。
是堂妹晶給了美早的另一個世界。

小時候美早並不特別喜歡完全潛行型的遊戲，頂多只會偶爾和父親一起玩些機車賽車遊戲。所以起初聽晶說明ＢＢ程式的概要時，坦白說她並不怎麼起勁。甚至還覺得不惜加速也要參加這種暴力的格鬥遊戲，到底有什麼意義。

但等她首次進入「加速世界」，這種退縮立刻被拋諸腦後。對戰的對手當然就是她的「上輩」晶——超頻連線者的名稱是「Aqua Current」——而對戰空間的屬性則是「原始叢林」。

地形明明與住慣的練馬區櫻台一模一樣，水泥與柏油卻消失得無影無蹤，換成了滿是凹凸紋路的巨大樹木、奇岩、綠色的草原與蔚藍的天空，一路延伸到視野的盡頭。

這裡的一草一木，全都有著壓倒性的精細度，與先前美早所知道的ＶＲ空間完全不一樣。微風中包含了森林的氣味，陽光反射在空氣中的塵埃上閃閃發光。這種對五感都施加鮮明刺激的龐大資訊量，說是超乎現實世界之上都不為過。

有著劇烈改變的不只是外界。美早自身也和晶一樣，變化為不是人類的模樣。全身罩著一層質感不像塑膠也不像玻璃的深紅色半透明裝甲，手腳上長著可伸可收的長爪，頭部更變成有著尖銳牙齒的豹頭。

美早認知到自身模樣時，最先產生的不是不解，而是強烈的衝動。一種想要解放的衝動——想將那股自從知道父親病名後，就一直壓在心底的情感解放出來。

美早飛奔而出。她以豹的雙腳用力蹬在原始叢林的大地上奔跑。從對戰空間的這一頭跑到另一頭，以甚至穿過風的速度奔跑。她邊跑邊哭。想著高大、靠得住，人又和善的父親而哭。

等三十分鐘的對戰時間剩下十分鐘左右，眼淚終於乾枯。美早回到開始地點，默默面對靜靜等著她回來的晶。

堂妹也一樣化為了與現實世界中毫不相似的模樣。晶的虛擬角色有著苗條得驚人的肢體，上頭包著一層從上往下持續流動的水膜，可說比美早的豹人虛擬角色更加特異，卻有幾分讓人聯想到現實世界的她。

美早凝視著晶那雙在流水下搖曳的藍白色眼睛，只問了一個問題。

——我有辦法跑得更快嗎？

她的回答非常單純。

——只要妳變強。

美早俯瞰著眼底與四年前那一天同樣的原始叢林對戰空間，等待戰鬥開始的時刻來臨。

儘管外觀相同，但現在她參加的不是正規對戰，而是每週六傍晚舉辦的「領土戰爭」，所以重視團隊合作更甚於個體戰鬥力。她不能像平常那樣，一開打就恨不得衝破那ＦＩＧＨＴ火焰字樣似的猛衝上前。

但話說回來，美早在領土戰中的策略基本上是很單純的，那就是看清楚敵人的要害，用力咬上去。

美早化為深紅色的豹人虛擬角色，搶占了對戰空間西側最高的一棵樹樹頂。由於巨樹的枝葉往旁伸展得很寬，不時還會發生濃霧，看不清楚底下的情形，但豹的眼睛很銳利，連樹林下方再小的反射光都不會錯過。而且斜向穿過對戰空間正中央的草原地帶——現實世界中的環狀八號線——上，幾乎不存在任何足以藏身的大型物件。

她從高度兩百五十公尺的樹梢掃視下方，就聽到一個焦急的說話聲從稍低的樹枝上傳來：

「Pard～我們主動出擊了啦～」

發言的是一個有著苗條體型的女性型虛擬角色，名字叫作「Mustard Salticid」。顏色名(Color Nane)「Mustard」，和她全身的芥末色系裝甲連在一起，很快就記得住，但專有名(Own Name)則讓幾乎所有第一次見面的超頻連線者都要反覆問上兩三次，而且下次見到的時候又要再問一次。這個英文單字美早也不認識，但聽說Salticid指的是「蠅虎」（註：視力發達，善於跳躍，故俗稱蒼蠅老虎，亦稱跳蛛）而她也人如其名，頭上有著水平一排共八個大單眼。這當然不是顏面部分的面罩就容納得下的，最邊緣的眼睛甚至排到後腦勺上。

因此她的視野異常寬廣——雖然聽說她費了好一番心血，才習慣這「即使面向前方也看得到後面的感覺」——索敵能力即使在全軍團中也排得進前三名。但可惜的是她的專注力還差了一截，領土戰爭開始還不到五分鐘，她似乎就已經沒有耐心繼續偵察了。

「還沒。要先找到敵人的分遣隊。」

美早簡潔地回答之餘，仍不斷讓視線往遠方的森林掃動。

領土戰中是最少也有三對三的團體戰。紅之團日珥現在的團員共有三十三人，所以即使要同時防守練馬區四個戰區，每一區也能夠分配到八個人。

但這終究只是理論值。既然超頻連線者原則上是國小、國中與高中生，星期六傍晚未必就空得出時間。日珥在團長Scarlet Rain的方針下，團員只要在現實中有事，都可以以現實為優先，所以每週實際參戰的團員平均還不到三十人。而且今天——二〇四七年六月二十九日的這場領土戰爭中，計畫外的突發性不參加團員更足足有三個人，導致戰前會議上集合到的只有二十五人。要是分成四個團隊，就分別只有六、六、六、七人。

當然若要事先預測戰況最劇烈的戰區，對這個戰區投入十人以上的戰力，這種策略也不是不可能辦到，但無論什麼樣的預測，都不可能萬無一失。尤其這一個月來每週都來進攻練馬的板橋區中規模軍團「Helix」團長腦筋相當好，要猜測他進攻的區域來做針對性的部署，將會非常困難。

於是他們採取了全方位防禦態勢，將人員平均部署在練馬第一～第四戰區。第一戰區防衛隊的隊長由紅之王親自擔任，第二戰區的隊長由幹部集團「三獸士」首席Blood Leopard擔任，第三戰區與第四戰區也同樣各由三獸士Cassis Mousse與Thistle Porcupine指揮。結果美早的團隊就抽中了Helix。

攻方的人數會隨防禦方人數而自動調整，所以敵我雙方都是各六個人。從這個規模來看，即使要分頭行動，頂多也只能分成兩至三隊。美早派戰鬥力較高的四個人，先行去占領中央據點，眼力好的自己與Mustard Salticid則負責掌握敵方的動向。

Helix看來也將六個人兵分兩路，看似主力的四人組行蹤已經發現。對方主力似乎與我方主力一樣，直線前往中央據點——又稱「要塞據點(Stronghold)」，所以多半是沒有躲藏的打算。問題是在於分遣隊的兩個人。要是不先找出敵人的分遣隊，我方主力遭到夾擊而被殲滅的情形，也不是不可能發生。

但下方又傳來了悠哉的說話聲。

「可是啊～只要我們先夾擊敵人的主力，把他們給幹掉，之後只要龜縮在要塞裡不就打得贏了？」

「要也應該說是『堅守』。」

美早不忘吐嘈，但Salticid的意見也有道理。日珥名為紅之團，有著許多紅色系，也就是強在遠距離攻擊力的超頻連線者，所以堅守在可以同時補充多人必殺技計量表的要塞據點，用火力硬拚，就是他們的必勝戰法之一。

但這個戰法當然也有風險。無論對戰空間屬性為何，要塞據點都會設置在開放空間，完全暴露在敵人的視線之中。據點本身沒有防禦能力，所以要採用堅守作戰時，至少也得有兩個擁有防禦類能力的虛擬角色負責當肉盾。美早指派先行的主力部隊四個人當中，有兩個紅色，一個藍色與一個綠色，算是頗為均衡，但要全方位防守據點就顯得有些吃力。

何況敵方團隊裡還有著Helix的團長。他以精湛的作戰指揮能力，帶領軍團從中小軍團群中嶄露頭角，對於日珥的拿手好戲——火砲陣地戰術，不可能沒準備好對策……

當她想到這裡，持續在戰場東側森林中奔跑的敵方四名主力停止了移動。

美早與Salticid所待的高大樹木，是現實世界中練馬區光丘清潔工廠的大煙囪。距離中央據點所在的環八大道與都道４４１號線路口，直線距離長達兩公尺以上。

離了這麼遠，即使是豹眼也只能勉強辨識敵人的人數。美早一邊持續搜索敵方分遣隊，一邊對下面的樹枝問說：

「Cid，妳認得出據點後面的四個敵人是誰嗎？」

「嗯～等等喔。」

Salticid應聲後，彷彿想儘可能靠近一些似的伸長脖子。幾秒鐘後，以和先前懶散模樣判若兩人的俐落口氣回答：

「領頭的是綠色的大型，記得這小子是『Verdant Colossus』；後面是咖啡色的大型，應該是『Cinnamon Raccoon』吧。然後是紫色的中型『Azalea Baton』……吧。還有，最後面是黃色的小型，雖然是第一次看到，不過大概就是『Rutile Check』。」

「…………！」

就在美早輕聲倒抽一口氣的同時，Salticid也發現不對，出聲驚呼。

「咦咦咦！這也就是說，他們團長阿鈹不在！原來那四個人不是主力部隊？」

當然並沒有硬性規定隊長一定要率領主力部隊。畢竟日珥團隊的隊長美早自己，就留在後方搜索敵人。

但Helix團隊的六個人當中，團長「Beryllium Coil」有著突出的直接攻擊力。少了他的戰力，再加上這四個人嚴格說來比較偏防禦性質，如果他真的以為這樣的部隊有辦法占領中央據點，那就太小看六大軍團之一的日珥了。

……不對，怎麼想都不覺得厲害角色Beryllium會訂出這麼粗糙的策略。既然如此，那麼對方多半是打算讓他與另一人——用刪去法來判斷，就是一個叫作「Chili Powder」的紅色系虛擬角色——的分遣隊，從後方對日珥的主力部隊展開奇襲，一口氣加以殲滅？

但若是如此，這分遣隊就必須已經通過環八大道的草原。日珥的四名主力現在仍在前進，相信兩分鐘以內就會抵達中央據點。要是現在才渡過草原，就沒有時間迂迴到後方，但要是從寬廣的道路兩旁接近，又會被日珥團隊看得清清楚楚，在接觸前就會被遠距離攻擊削減不少體力。這樣一來，兵分兩路就沒有意義了。

「……我們漏看了他們的穿越……？」

美早這麼喃喃自語，耳朵很靈的Salticid立刻反駁：

「怎麼可能～！要躲過我和Pard的眼睛穿越環八，辦不到的啦！」

美早點點頭心想，的確是。雖然有可能是用了隱身類的能力來突破草原地帶，但無論是對方團長，還是疑似同行的Chili Powder，都沒有這種能力——應該吧。

無法斷定的理由，就在於對戰虛擬角色會成長。也就是說，可以透過升級獎勵，取得新的特殊能力、必殺技或強化外裝。四年前還只會奔跑的美早，在升上6級的現在，也得到了許多種能力。

但話說回來，能力的取得也是有限制的。原則上虛擬角色不可能取得大幅偏離自己顏色屬性的能力。團長Beryllium屬於近戰型的金屬色角色，Chili則是遠距型。兩者都不屬於能學會高度隱身能力的類型，至少騙不過美早與Salticid的眼力。

美早一邊想著這些念頭，一邊在腦中描繪出曾經直接交手過幾次的Beryllium身影。他的裝甲是泛藍色的銀灰色，就如彈簧（coil）這個名字所示，手臂內建著強力的彈簧。用這彈簧的力道瞬間彈出的大型折疊刀，就是Beryllium最強的武器。

他屬於金屬色角色，拳頭也很堅固，能自在地切換打擊屬性的指節攻擊與切割屬性的小刀攻擊，這種打鬥風格連美早都覺得很難應付。以為是拳頭而想閃躲的瞬間，就會有小刀彈出來，而且攻擊距離會增加將近兩倍，應付起來非常棘手。而且他以前明明只有右手裝備了小刀，但或許是拿升級獎勵而增加，現在連左手也有小刀——……

美早想到這裡，暫停思考，重新檢查顯示在視野右上方的敵方進攻團隊六人組迷你體力計量表。最上面的團長Beryllium Coil，等級是5級，可是上次跟他交手的時候，他應該還是4級。

「——Cid，快跳！」

當幾項資訊在腦中引發化學反應，激發出閃現的靈光這一瞬間，美早已經呼喊示警。

Salticid平常顯得悠哉，但一到緊要關頭，就會變成靠得住的老手。她不吃驚也不反問，喊了聲「收到！」就往上跳到美早身邊。

美早用右手牢牢抱住這個有著蠅虎之名的虛擬角色纖腰，往下一蹲。以女性型虛擬角色而言相當有分量的大腿部分更加膨脹，蓄足了力道。她判讀風向，挑準最佳時機往斜上方一躍而起。

即使Blood Leopard擁有野性的跳躍力，也無法一跳就是兩公里。何況從高達兩百五十公尺的樹上跳下來，更會承受不住著地的衝擊，受到高處墜落損傷而當場斃命。

但美早毫不猶豫。Leopard與Salticid猛然從巨樹樹梢跳了出來，化為一顆砲彈往空中衝刺。不是朝向東方的中央據點——而是朝著空無一物的對戰空間西側。

是美早在跳躍前做了一百八十度的反轉。要是有觀眾在，多半會以為她是在逃命。

但她當然不可能逃。這一跳很快就達到拋物線的頂點，進入下降軌道。在這樣下去，幾秒鐘後她們就會一起摔死，但兩人都在途中就開始回向原本巨樹所在的方向。是Salticid用她以右手抓住的一條透明細纜線，把她們拉了過去。纜線前端固定在先前的粗大樹枝上。也就是說她是以這根樹枝為支點，就像鐘擺似的在空中擺盪。

這纜線當然來自Salticid的能力。是她的特殊能力「牽引索(Dragline)」——也就是蜘蛛絲。真正的蠅虎雖然不會結網，但移動時就會在四處固定好「救命絲」，以防止墜落。

「耶～～！」

Salticid發出開朗的呼聲，慢慢將絲線伸長。兩人以幾乎與自由落體無異的速度在空中滑翔，轉眼間就通過了鐘擺運動的下止點，轉為爬升。接著在能夠得到理想飛躍角度的時機，切斷了絲線。

兩人再度朝斜上方飛翔。這次的行進方向上，終於看得見成了草原的環八大道與中央據點。正在前進的我方四人組，應該再過幾十秒就會穿越森林。美早事先就指示過，要他們一抵達環八就立刻占領據點。相信Beryllium會看準他們四人在草原上現身的瞬間動手，而且多半不是從側面，也不是從背面……

「啊……Pard，那個！」

Salticid以不輸給風聲的音量大喊。

她所指的方向上，就在過了環八大道另一頭的對戰空間東部遠處，亮出了一道小小的反射光。不是在森林底下，而是在上面。這道光和美早她們一樣，在空中高速移動。

憑美早的視力，無法連光源到底是什麼東西都看清楚，但這道光無疑就是Beryllium Coil與Chili Powder。相信他們在空中移動的動力，不是「飛行」——可以飛行的虛擬角色，在整個加速世界中只有一個人——而是金屬彈性位能。也就是說，是利用彈簧的反作用力而做出的長距離跳躍。

「……我要變身跑。抓緊了。」

美早這麼一說，Salticid就回答：「好啊！」。美早她們的鐘擺跳躍已經過了頂點，再度進入下降軌道。她們一次跳躍就移動了將近七百公尺的距離，但離中央的草原地帶還有一公里以上。她們說什麼也要在Beryllium他們從上空攻擊四個同伴之前搶先抵達。

美早凝視著眼底迅速逼近的叢林，小聲喊出了招式名稱：

「變形。」

緊接著Blood Leopard就籠罩在一團紅光當中。一陣從身體內側熊熊燃燒的灼熱感。先是四肢變化成野獸的四隻腳不但變得更加健壯，還長出了鉤爪。軀幹則是變細、變長，脖子與頭部的接合角度也有了改變。

當這轉眼間的「變身」結束，美早已經不再是女性型虛擬角色，而是成了一隻豹。Salticid跨到她背上的同時，兩人已經衝進樹林枝葉的縫隙間，眼看地面急速接近。雖說她們不是垂直下降，然而一旦以這樣的速度著地，照常理而言是免不了受到重創。但美早將雙手——不，應該說兩隻前腳——落地，立刻毫髮無傷地轉移到全力奔馳。這是只有在野獸模式下才能發動的特殊能力「防止摔傷（Fall Protection）」的效果。

「好啊，我們……」

背上的Salticid一句話喊到一半就停了下來。相信她應該是被風壓推得身體後仰，這才趕緊撐住，雙手繞到美早脖子上。

美早把「所以我才叫妳抓好」這句話留在腦子裡，更加快了速度。長滿青苔的大樹從兩旁快速往後飛走，地面化為摻雜綠色與咖啡色的流線。但是還不夠。就跳躍中看到的情形來判斷，以彈簧跳躍移動的Beryllium Coil，再過二十秒就會抵達中央。照算下來也就表示，美早必須在更短的時間內跑完一千公尺，否則就會來不及。再換算成數字，就是要達到時速一百八十公里。

亡父生前常騎著那輛義大利製的火紅電動機車。這輛機車從四年前，就一直寄放在熟識的機車店裡，直到兩個月前，美早才首次自己騎乘。十幾年前的交通法規修正案通過後，從滿十六歲的該年度四月起，就可以去考駕照，所以美早國中一畢業，就開始去上駕訓班。

這輛機車配備了兩具出力六十千瓦的輪內馬達，規格上的最高時速高達二百四十公里。現階段美早還只經歷過幹線道路法定最高時速的八十公里，但即使是這樣，起初也讓她緊張得口乾舌燥。

雖說這裡是ＶＲ空間內的對戰空間，一旦撞上障礙物，就會受到劇烈的痛楚與重大的損傷，所以高速地面行進會同時帶來興奮與恐懼。在擺盪飛躍時那麼興奮的Salticid，現在也緊緊貼在美早背上不動。

但美早用力咬緊牙關，不，是咬緊一口獠牙，卯足全身的力氣蹬地飛奔。體感速度轉眼間就逼近時速一百公里，虛擬的心臟在左胸內以驚人的勢頭脈動。全身都迴盪著一種令人聯想起上個時代單汽缸汽油引擎的連續鼓動聲。

美早一意識到這裡，一陣寒氣就悄悄透進美早心中。

塑造出美早對戰虛擬角色Blood Leopard的「精神創傷」，就是美早對奪走她父親的疾病所懷抱的恐懼與憎恨。這也就等於對心臟這種引擎，對血液這種燃料的恐懼。對自己的心臟是否也將有一天用完「鼓動的次數」而停止的淡淡預感——

——甩開這些！

美早喝叱自己。

與其停置在恐懼的深淵，不如投身於急流。要往前。哪怕只有一步，也要往前。

當奔行速度超過時速一百公里的瞬間，右胸產生了另一陣鼓動聲。

兩股脈動共鳴，轉化為一種令她想起電動機車的咆哮。火焰般滾燙的血流在全身流竄，讓四肢充滿強得猙獰的力道。

美早全身激出一陣圓椎狀的衝擊波，再度加速，化為一顆深紅色的砲彈，往森林底部前進。速度一口氣達到時速兩百公里，出現在前方的巨樹轉眼間就被拋到身後。

視野左上方的必殺技計量表開始減少。這表示讓她可以超越極限高速奔行的特殊能力「第一之血（First Blood）」發動了。據美早所知，沒有其他對戰虛擬角色，能以不靠強化外裝的自力奔行跑出更快的速度。

美早在十九秒內跑完一公里，來到斜向穿過對戰空間中央的環狀八號線。當她從森林衝出到草原地帶，眼前就是我方主力部隊四個人的背影。他們為了占領要塞據點，以密集隊形跑向前方的大型金屬環。

「散開！」

美早朝我方部隊尖銳地一喊，就往斜上方一跳。她跳過同伴，瞪向空中。

看見了。藍銀色的金屬色虛擬角色Beryllium Coil，以及他抱在懷裡的橘紅色虛擬角色Chili Powder，飛躍在幾十公尺的高度。Chili伸出的雙手上，各拿著一個大大的球體。

下一瞬間，Chili張開雙手，與虛擬角色同色的兩個球體無聲無息地落下。落下的軌道，正確地捕捉到了正開始散開的日珥主力部隊。

「Cid！」

美早這麼一喊，背上的Saiticid就大喊一聲「好！」並伸出右手。從她手掌發射出去的絲線，精準地命中正在往下掉的一個球體。她立刻一拉絲線，將球體一甩，扔向前方的森林。

但她們對另一個球體就無計可施了。Salticid的絲不能連發，而美早的爪與牙也都搆不著。

她們一邊祈禱伙伴們能夠躲開，一邊與對方在空中交錯。

當她們在要塞據點旁著地而轉過身來的同時，紅色的球體落到了地面。

爆炸……並未發生，反倒是一種紅得令人不舒服的煙霧瞬間擴散開來，覆蓋住了草原的一部分。這是Chili Powder的必殺技「紅熱手榴彈(Redhot Grenade)」。手榴彈中裝滿了辣得要命的粉末，投出後會產生煙霧，對被煙霧罩住的虛擬角色視覺與交談都加以阻礙，同時還會造成傷害。

由於附加了妨礙(Debuff)效果，比單純的爆炸攻擊還要棘手，但種類終究是手榴彈，所以射程距離很短。但相對的有效範圍很大，投擲出去後，本人也必須全力退避，否則就會被捲進去。而且Chili Powder本身防禦力偏低，所以還必須找人護衛來接近敵人，投出手榴彈後更需要帶同護衛一起拔腿就跑。

但如果是從上空以突襲方式投擲，不，應該說是轟炸，就能夠迴避這個限制。儘管是敵人，還是不得不稱讚這個策略非常漂亮，然而，這種戰法……

……不對，現在必須專心！

美早立刻將差點飄離眼前戰場的心思拉回來，出聲指揮：

「Cid，妳去牽制後面來的敵方主力部隊。」

「收到！」

Salticid剛從背上跳下去，美早就立刻展開衝刺。她的目的地，是Beryllium Coil的著地地點。去路上的左側，可以看到四個同伴從總算開始被風吹散的紅色煙霧中衝了出來。每個人的體力計量表都減少了將近一成，但多虧在手榴彈即將落地之際先行散開，眾人似乎總算勉強沒被轟個正著。

「羅布和西蒙去占領據點！摩斯和亞康去跟Cid會合，和敵人主力交戰！」

美早一邊奔跑，一邊接二連三下達指示，然後就毫不猶豫地衝進仍未消失的煙霧。她在即將衝入煙霧之際閉上眼睛，避免視覺面受到妨礙。體力計量表受到附著在全身的微粒削減，但她對損傷與熱辣辣的感覺都一併無視。美早轉眼間就穿出煙霧，睜開眼睛，同時再度衝進森林。她的眼睛捕捉到了樹梢上方銀色的反光——

要從那麼高的位置降落，哪怕有著彈簧的緩衝效果，應該還是很磨神經。美早準備看準這個空檔攻擊。她發揮森林狩獵者豹的本領，強而有力地奔跑。

上空的樹枝發出唰的一聲響。

這個背對她下降的人物，無疑就是軍團「Helix」的團長Beryllium Coil。想來他多半是為了確保視野，才會將先前掛在身前的Chili Powder改抱在右脅下。

美早跑起一大步、兩大步，然後在第三步起跳。

美早猛力張開血盆大口的瞬間，披著藍灰色裝甲的背似乎感覺到了什麼而緊繃起來。但他沒有時間轉身。美早在空中咬上的不是Beryllium，而是Chili Powder的右腳，就這麼把人從Beryllium懷裡搶走，繼續往前飛奔。

「Ouch！怎怎怎麼啦？」

Chili尖聲嚷嚷，美早先在空中放開他的右腳，然後改讓牙齒深深咬進頸子。嚷嚷聲變成慘叫，但美早當然不當一回事。尖銳的牙齒穿破橘紅色的裝甲，咬進虛擬人體後，美早被先前煙霧削減過的體力計量表就開始回復。這是特殊能力「奪活咬（Vital Bite）」的效果。

美早將深紅色的損傷特效灑得像鮮血一樣，落地後立刻轉身。就在離了十公尺左右的位置，Beryllium也做出了漂亮的著地。

美早所料不錯，他的模樣與之前交手時有些不同。追加的是雙腳腳脛部分內建的大彈簧。他就讓這些彈簧收縮來吸收落地的衝擊，以反作用力微微跳起一步，然後再度落到地上。這當中似乎和汽車或機車的懸吊系統一樣，還內建了控制彈簧收縮的衝擊吸收功能。

「Help！隊長，He～～～lp！」

Chili Powder被美早牢牢咬住頸子叼在嘴裡，揮舞著手腳這麼呼喊，Beryllium一瞬間就要有所反應，但立刻又停下動作。相信他多半看出了是美早特意放緩咬力，不給Chili致命一擊。如果繼續維持「奪活咬」的效果而與Beryllium對打，理應可以得到只有自己這一方的體力計量表會持續回復的優勢，這足以彌補不能用咬的限制而有餘，但看來Beryllium頭腦派的招牌不是掛假的。

「Chili，抱歉，我會幫你報仇，原諒我。」

Beryllium雙拳擺好架式這麼一說，Chili Powder就吞下哀嚎，做出了覺悟似的回答：

「……一定喔！後面就交給你了，隊長！」

對方都把這樣的對話說給她聽，美早也不能始終把人像叼幼貓一樣叼在嘴上。她一口氣咬碎Chili的頸子，讓他的體力計量表歸零。美早籠罩在虛擬角色消滅的特效中，一心一意地凝視Beryllium Coil。

相信同伴們就在一小段距離外的要塞據點附近，和Helix團隊的主力部隊交戰。雖說狀況是五對四，但BRAIN BURST這款遊戲，勝敗結果就是不會這麼單純地和預估戰力一致。美早必須分秒必爭地打倒Beryllium，趕往中央戰場，但在開打之前，有一件事她說什麼也非得問清楚不可。

「……剛才的策略，是你自己想出來的嗎？」

美早低聲這麼一問，Beryllium就聳了聳肩膀，接著搖了搖他那倒三角形的護目鏡：

「不好意思，不是。我是聽說以前有人用這樣的策略大殺四方。仔細想想，從高空進行遠程範圍攻擊，實在是最強的組合。我本來還以為只要順利轟中，就可以穩操勝券了呢……」

他說到這裡先住口不說，然後似乎察覺到了一件事，點點頭之後說下去：

「原來啊。妳剛才之所以能夠指揮同伴避開，就是因為妳認識想出這個策略的傢伙？」

被他這麼一反問，美早輕輕點頭說：

「我認識。因為我跟她打過好幾次。」

一般而言，若「上輩」超頻連線者有參加軍團，「下輩」幾乎也都會加入同一個軍團。但美早的情形讓她很難這麼做。在她當上超頻連線者的四年前，上輩冰見晶——Aqua Current，參加的是黑之王Black Lotus所率領的「黑暗星雲」，但當時他們的大本營不像現在位於杉並，而是在澀谷戰區。那兒離美早住的練馬相當遠，而且加入他們也無法得到參加軍團最大的好處——「在領土內的拒絕挑戰權」。

美早聽晶告訴她這些知識後，顯得不知所措，晶就很乾脆地對她說：

「妳只要加入領土在練馬的紅之團就好了說。」

但這樣一來，將來也可能會發生晶與美早非對打不可的情形。美早問出這個疑慮，戴著紅框眼鏡的堂妹就一副「那又怎麼樣」的表情點點頭說：

「到時候，只要彼此放手去打就好了。相信那樣一定也會很開心說。」

美早聽從小她兩歲的堂妹所給的建議，加入了紅之王Red Rider的軍團「日珥」。雖然嚴格說來，是美早尚未參加軍團，還在學習如何對戰的階段，對方就有人來挖角她。

四年前各大軍團之間尚未訂立互不侵犯條約，所以晶參加的黑暗星雲，和美早參加的日珥，就為了爭奪位於澀谷與練馬之間杉並戰區支配權，展開激烈的領土戰爭。

美早順利地累積經驗，升上4級後，有一天終於收到指示，要她參加領土戰爭。包括她在內的八人團隊，前往攻擊杉並第二戰區，但敵方團隊中並未出現Aqua Current的名字。

她覺得似乎有些遺憾，又有些鬆了一口氣，但這樣的心情維持不了多久——美早受命防守後方的據點，忽然抬頭一看，卻在對戰空間的天空中看到了一個景象。看見一個天藍色的對戰虛擬角色，撕開煉獄空間的烏雲在空中飛翔。

這飛行速度非常快，相信應該是當時美早最高奔行速度——時速一百公里——的三倍……不，大概有四倍吧。天藍色虛擬角色轉眼間就從天空的另一頭飛到據點正上方，雙手還抱著一個小小的緋紅色虛擬角色。緋紅色虛擬角色雙手拉開一張大弓，射出了一枝火焰箭——緊接著這枝箭分裂為無數枝，灑落在日珥團隊的四個人身上。

美早鑽過了這有如火雨一般的猛攻，前去追趕以超高速往北飛走的天藍色虛擬角色。雖然腦子裡也有著幾分認為不能再讓對方進行一次同樣的攻擊，但說是想也沒想就追了上去，多半還比較正確。

所幸這個虛擬角色是沿著寬廣的環狀七號線道路飛行，讓美早總算還得以用野獸模式的全力奔行跟上。黑暗星雲二人組裝備在背上的大型推進器噴射火焰漸漸轉弱，在一棟面向道路的大樓屋頂著地。美早跑上天橋後，跳上附近的建築物，反覆多次跳躍，終於去到對方這兩人所在的高度。

美早只看了這個輕輕轉過身來的天藍色虛擬角色一眼，就覺得心中一驚。她有著液態金屬般閃閃發光又飄逸的長髮，以及身體曲線柔美的女性體型，這優美到了極點的外觀與〈Blood Leopard形成鮮明的對比，但美早卻強烈感受到這個虛擬角色體現出了一種與自己非常相似的渴望。

美早從一瞬間的恍神中振作起來，壓低豹的身體而擺出戰鬥態勢，天藍色虛擬角色就微笑著對她說：

「妳的速度真棒，姿勢也非常美。妳叫什麼名字？」

「……Blood Leopard。」

美早簡短地回答完，她就點了點頭，也報上自己的名字：

「……我會記住。我是Sky Raker，然後這孩子是Ardor Maiden。」

當時這位黑暗星雲的副團長Sky Raker已經得到了人人聞之色變的「ICBM」這個綽號，「緋色彈頭」Ardor Maiden儘管幾乎還是個新手，卻已經和Raker組成搭檔而立下顯赫的戰功。這就是美早與她們兩人的邂逅。

美早與Raker交手，卻毫無招架之力，被她以舞蹈般優美的三連掌打倒。

從那次算起，已經過了將近四年。美早選為自身永遠目標與對手的Sky Raker，在兩年半前一度從加速世界消失，在兩個月前回歸新生黑暗星雲。

現在不只是黑暗星雲，日珥也在改朝換代。兩個軍團之間訂立了無限期停戰條約，所以她尚未得到與Sky Raker直接對打的機會。但美早有種預感，知道時候就快到了。等到籠罩整個加速世界的陰霾一掃而空，和Raker同樣處於半退隱狀態的Aqua Current也回歸，到時候就要讓「上輩」和「好對手」見識現在自己的一切。讓她們見識到她的牙齒磨得多利，以及速度練得多犀利。

——但還真萬萬沒想到，在與Raker對打前，就會看到其他超頻連線者複製的戰術。

美早不知道該誇Beryllium Coil熱心研究，還是該為他那模仿先進毫不猶豫的厚臉皮生氣。

她猶豫了半秒鐘左右之後，面無表情地說道：

「很遺憾，原版有你三倍痛，五倍快。」

「我想也是吧。」

精瘦的金屬色虛擬角色也若無其事地點點頭，慢慢舉起雙手擺出架式。

「可是，我跟妳的等級只差了一級，今天我一定要單挑打贏妳……我們都有同伴在等，差不多該開打了吧。」

「K（OK）。」

美早簡短地回答，也壓低了上身。

原始叢林空間最大的特徵，就是有著強度媲美無限制中立空間「公敵」的強力大型生物棲息，一旦刺激到這些生物，牠們就會展開攻擊，但美早先前偵察時，就已經確認過中央據點半徑一公里以內，都沒有看到這些強力的生物。除此之外原始叢林倒是沒有特別麻煩的阻礙效果，所以接下來這一場打鬥，就要純粹靠各自的功力決勝負。

美早不喜歡在開打前無意義地對峙。她正想一口氣撲上去，卻在這一瞬間注意到不對。

Beryllium Coil的身高，似乎比第一次對峙時要縮減了一些。理由就是在於內建在他雙腳上的彈簧仍然處於收縮狀態，還發出微微的嘰呀聲。

美早強行將往前撲出的身體往右扭，改變了跳躍的軌道。Beryllium也在完全相同的時機雙腳猛力伸直，藍灰色的虛擬角色幾乎毫無預備動作就衝了過來。他不是踏步蹬地，而是利用彈簧的反作用力起跳。

「喝呀！」

他的左手同樣以小幅度的架式往前伸。一旦被金屬色虛擬角色以拳頭反制攻擊打個正著，即使美早在紅色系當中防禦力算高，也會受到相當大的傷害。

然而，要以拳頭打中野獸模式下身高低於一公尺的Blood Lerpard，可說是難上加難。Beryllium將手臂以類似上鉤拳的方式揮動，儘管軌道往下壓，但美早從更下面溜了進去，眼看就要躲過——

嗡的一聲，空氣再度震動。一道銀光從美早的視野中閃過。是暗藏在Beryllium手臂之中的大型刀，以彈簧的力道瞬間彈了出來。這是特殊能力「折疊刀(Jackknife)」。

美早當然並未忘記他有這一手。但她沒想到Beryllium會把刀從收納狀態轉動一百八十度彈出的動作，都組進攻擊當中。這長約四十公分的刀刃在旋轉途中，只有一瞬間會呈現出從手臂垂直豎起的狀態。而Beryllium就完美地將這一瞬間，對到了美早的閃避動作上。

——漂亮（Cool）。

美早在腦內自言自語，將頭更往右扭。

如果她現在是人型（正常模式），相信根本沒有手段可以閃避或格擋這一刀，顏面將會受到重大損傷。即使並未當場死亡，說不定也會因此失去一隻鏡頭眼，導致視野減半。

但既然現在已經變身成野獸型，美早就擁有凌駕在四肢爪子之上的強力武器。而且這武器就位於刀刃瞄準的頭部，那就是四根堅硬而銳利的牙齒。

當然只要時機有著一毫秒的太遲或太早，相信就會迎擊失敗而受到重大傷害。但美早已經知道所謂的快，不是只有跑得快，同時還有一種「速度的對抗」是只存在於剎那間的世界當中。

兩個月前，剛升上高中的某一天，美早和一名意想不到的超頻連線者組成搭檔對戰。地點在位於秋葉原戰區的對戰者聖地「秋葉原對戰場（Akihabara Battle Ground）」。敵人是能夠無視規則，阻絕對戰名單搜尋的「Rust Jigsaw」，而她的搭檔則是新生黑暗星雲的團員，也是加速世界中唯一的完全飛行型虛擬角色「Silver Crow」。

起初還覺得他有點靠不住，然而一旦進入實戰，Crow就發揮了絲毫不像當上超頻連線者只有半年的對戰感覺。

敵手Rust Jigsaw擁有一種頗為棘手的遠程攻擊，就是能夠擲出高速旋轉的輪鋸，美早也沒有手段可以防禦這種攻擊。就在她撲向Jigsaw之際，被他抓準不可能閃躲的時機擲出旋轉輪鋸，美早只好指示騎在她身上的Crow想辦法應付。

其實她心想，如果Crow能犧牲一條手臂擋住，就已經很不錯了。

但Crow看穿輪鋸內側不存在鋸齒的情形，以擲飛輪的要領用手指鉤住以超高速飛來的旋轉輪鋸，毫髮無傷地接了下來。只要時機有一瞬間的閃失，相信不是手指就是腦袋分家，也或者兩者都會分家。

當時美早就從這個資歷少了她三年以上的晚輩Silver Crow身上，學到了戰鬥不是只有比拚虛擬角色的動作，同時也是在比拚「感覺的速度」這回事。

從那次以來，她對戰時就一直在磨練感覺的加速，也就是看穿敵人攻擊的本領。說來不可思議，愈是磨練這剎那間的感覺，在現實世界中幫蛋糕裝飾時的迷惘與猶豫，似乎也愈是會消失。「草莓迷宮」的最後一道工序能得到姑姑稱讚，多半也是這種訓練帶給她的進步。

小她兩歲的那個非常努力的少年教會了她這件事，而現在正是把這個教訓活用到加速世界對戰當中的時候。

美早只將嘴張開到最低限度，以不是視覺也不是聽覺的感覺，感應到刀刃接近的那一瞬間，用力讓牙齒咬合。

鏗一聲強烈的金屬碰撞聲想起，刀刃的碎片燦爛地散往臉頰兩旁。是她以尖銳又強韌的豹牙，精準地咬上刀刃側面，將刀刃咬得粉碎。

「嗯嘎……」

Beryllium Coil口中發出驚呼聲。就在他這記左上鉤拳揮空，微微失去平衡的瞬間，美早尖銳地甩出長長的尾巴。尾巴前端鉤住Beryllium的左腳，讓他重心更加不穩。

美早從他身旁溜過，剛著地就往前方跳出一大步。接著以正面的樹幹為落腳處，來了個後空翻。

在上下顛倒的視野中，看見了往下倒的Beryllium。他雙腳的彈簧正再度收縮，想來多半是打算再次發動「彈簧衝刺(Spring Dash)」拉開距離，但美早不會讓他稱心如意。

美早喉嚨發出野獸的咆哮，用兩隻前腳從Beryllium背上將他按倒，深深咬上他空門大開的頸子。牙齒激出火花，咬穿了金屬裝甲，貫入虛擬人體。

「嗚……可……可惡……」

Beryllium彈出右手的折疊刀，企圖以此攻擊背後的美早，但美早快了一步，猛力將咬在嘴上的對戰虛擬角色一甩。牙齒咬得更深的同時，刀的軌道也偏了開去。

只要是中型以下的近戰型虛擬角色，一旦被Blood Leopard從背後咬住頸子，等於宣告再也沒有手段可以擺脫這個狀態，就像被野生的豹咬住的獵物一樣。

美早叼著Beryllium Coil，開始往東奔跑。

「可惡，把我當小貓啊！」

「Helix」的團長一邊嚷嚷，一邊手腳亂揮，但頂多只能對美早造成一些擦傷。好不容易對美早的體力計量表有所削減，也會立刻因為「奪活咬」的效果而被補回去。

相對的，要害被四根牙齒咬穿的Beryllium，體力計量表則迅速減少——等到穿出森林來到草原地帶，就降到了零。

「給我等著，下次……」

Beryllium Coil說不完這句話，就化為無數碎片消失。美早說道：

「下次多花點心思。GG（Good game）。」

美早說完才想到，說這句話也許還太早了點。視線所向之處，可以看到日珥的五個人與Helox的四個人，仍在要塞據點一帶展開激戰。敵方繼Chili Powder之後，Beryllium Coil也已退場，在體力計量表的剩餘量上也處於劣勢，但看來他們仍未放棄取勝。

那麼我方該做的就只有全力迎戰。

美早大吼一聲鼓舞同伴，在綠色的草原上全速飛奔。

4

六月第五週的領土戰爭全部結束，美早回到「Pâtisserie La Plage」一樓後頭的專用室之後，慢慢呼出積在胸腔的空氣。

加速對戰當中，血肉之軀當然仍在呼吸。打完一整場領土戰爭，現實時間就會經過一．八秒，所以等到醒來時，在唸出「超頻連線」語音指令時呼氣的肺，往往正吸完下一口氣。

她還是個菜鳥時，一回到現實世界，常常尚未吐氣就想用力吸氣，結果咳個不停。「上輩」晶會一副拿她沒轍的表情說，還不都是因為她整場對戰裡都一直狂奔，但這也已經是很久以前的事了。

她和晶已有三年沒進行對戰或並肩作戰了。自從先前以澀谷為大本營的黑暗星雲瓦解……不，應該是在前一晚，黑之王Black Lotus打光紅之王Red Rider所有點數的事件過後，很多事情都變了。

身為「純色七王」之一，受到團員絕對信賴的軍團長突然離開加速世界，這種異常事態讓日珥內部一團混亂。儘管系統上的軍團長權限已經自動轉移到當時的副團長身上，但約有半數團員都不認同他就此接任第二代軍團長。

日珥在欠缺團結的狀態下迎來下一場領土戰爭，結果輸得一塌糊塗。明明其他諸王的軍團都並未派兵進攻，但日珥面對人數與平均等級都大不如自己的中小軍團，卻接連吃了敗仗。他們的領土在一夜之間減半，更有不少團員宣告要退團。臨時軍團長大為憤慨，終於對一名退團者行使「處決攻擊（Judgement Blow）」，讓日珥有了決定性的分裂。

一年出頭的期間裡，美早就從偏向局外人的立場，以空虛的心情看著自己所屬軍團的崩壞劇。

美早幾乎不曾和紅之王Red Rider說過話，但信任他是個強悍又公正的軍團長，對於在他麾下作戰毫無不滿，但並不像老資格的團員們那麼崇拜他。

所以對於他的退場，美早也冷靜地當成戰敗的結果來接受。而且即使身為超頻連線者的生命結束，當然也不至於連現實世界中的生命都被奪走。他並不像美早的父親那樣，再也不能騎喜歡的機車，再也不能喝愛喝的咖啡。

美早心想，自己會有這樣的想法，大概是很薄情的。她仍然參加日珥，但對新的軍團長實在不怎麼喜歡，甚至預感到再這樣下去，也許有一天自己也會退團。

而她的想法有所改變，是在呈現戰國時代弱肉強食樣貌的練馬戰區裡，看到一個新手超頻連線者拚命想保護自己和幾名同伴的時候。

當時這個新手的等級還低，戰法也極為粗糙，只有散發出來的氣魄火熱得就像一團要燒進整個對戰空間似的灼熱。只要能在這種混亂中活下去，這孩子一定會變強。美早有了這種感覺後，儘管自己都覺得不可思議，但她就是主動提議要加入這個新手的團隊。

她的直覺是對的，但當時她作夢也沒想到，這個嬌小的少女型虛擬角色豈止是「變強」，甚至還在短短一年內突破8級的高牆，坐上第二代紅之王的寶座……

「……Pard，妳看著人家的臉笑什麼笑啦？」

坐在正對面的紅髮少女，紅之王Scarlet Rain上月由仁子，噘起嘴唇這麼說，於是美早迅速搖搖頭。

「我不是看著妳笑。」

「是喔？所以是打贏『Helix』的會心微笑了？」

「……也不是這樣。」

「不然是怎樣啦……要是妳不想說，不說也沒關係就是了。」

仁子像個小孩子似的——雖然她的確還只是國小六年級生——以彆扭的表情靠到沙發椅背上。美早想了一會兒後回答她說。

「是因為對戰的時候，我想起了很多事。很久以前的事。」

「哦…………」

仁子輕輕一歪頭，但立刻點點頭，自己也微笑著說：

「這樣啊。有這種回想起來就會笑的回憶，實在很不錯。」

「…………」

這次換美早忍不住投以詢問的視線。結果仁子彷彿看穿了美早的心思，將微笑轉為苦笑。

「別擺出這種表情啦，我當然也有這樣的回憶啊。像是Pard第一次找上我時說的話。」

「那個可以忘記。」

「我才不要，我已經永久保存下來了！」

仁子啊哈哈笑了幾聲，然後換上軍團長該有的鄭重表情，並稍稍換了口氣，說道：

「不管怎麼說，這週的防衛戰也辛苦妳了。跟Helix打的情形怎麼樣？」

「團長和團員都確實在變強，而且，很熱心研究戰術。」

「這樣啊……——畢竟我們這邊正為了那個ＩＳＳ套件忙得不可開交啊，下週可得把皮繃緊點，不然可能就有點危險了。而且今天參加人數也比較少。」

「關於這件事。」

美早也換上正經的表情，正視仁子說：

「關於今天突然不參加的團員，其實有一點問題。」

「嗯？什麼問題？」

「雖然不是全都這樣，但有三個人無視軍團方針，跑去攻打其他軍團。」

她這句話一出口，仁子就瞇起了雙眼。

「……是誰？還有，去打哪裡？」

「『Blaze Heart』和其他兩個人。進攻的地方是……杉並的，黑暗星雲。」

「妳……妳說什麼！」

仁子猛力站起，腳脛撞到桌子邊緣，叫了一聲「好痛！」，又倒回沙發上。她痛得眼角含淚，但仍不改嚴肅的表情，大喊：

「這豈不是打破了休戰協定！為什麼又——……等等，噢，是這樣啊……是為了昨天那件事啊……」

美早點點頭表示同意。

「我想她們大概是直接去找黑之王興師問罪了。因為Blaze是從上一代日珥就參加到現在的老團員。」

「……嗯～她的心情我也不是不懂啦，可是昨天在無限制空間裡招惹我們的那傢伙，多半，不，八成是Lotus的冒牌貨。所以我才要大家先按兵不動，等我們收集情報再說啊……」

「既然都進攻了，那也沒有辦法。雖然我想大概，不，八成已經被擊退了。」

「應該是九成吧。而且要是她們打贏有黑色那娘兒們在的團隊，我反而還想誇她們幾句呢。」

團長這幾句話說得悠哉，讓美早忍不住苦笑，然後才清了清嗓子拉回正題。

「不管打贏還是打輸，既然違反了協定，就得給對方一個交代。我等一下就去一趟杉並，直接去找黑之王謝罪……」

「嗯……嗯～等一下。」

仁子舉起右手打斷了美早的話，先讓視線飄向天花板一秒鐘左右，然後嘴角轉為笑吟吟的形狀。那是她「想到好主意」時的表情。

「……這件事，由我去。」

「…………」

「妳想想，這種事情還是軍團長自己出面，才比較有分量吧？」

「…………」

「而且，反正我們明天不是本來就要闖進他們學校的校慶嗎？順便啦順便。」

「……妳打算今天就順便明天？」

美早微微由下往上看著她這麼一問，紅之王就臉不紅氣不喘地嘻嘻笑著說：

「今晚我要去那小子家住，麻煩妳明天早上來接我。妳的校慶邀請函我也一定會幫妳弄到手！」

「…………麻煩妳了。」

仁子平常嚴格說來屬於慎重派，但一牽扯到黑暗星雲，就會變得很有行動力，這種情形不是今天才開始的。美早吞下很多想說的話點點頭，仁子就用力跳下沙發。她似乎打算馬上動身去杉並，從地上拿起書包。

「東西我幫妳保管，明天回來再帶走就好。」

「喔，不好意思啊，那就恭敬不如從命啦。」

仁子把書包放到沙發上，小跑步跑向門口。她手放到門把上，但並不立刻開門，回過頭來。然後這個年幼的王，就露出一種兼有等量天真與成熟的笑容說道：

「Pard，下週的『草莓迷宮』，我可是很期待的。」

「K。」

聽到美早的回答，她維持同樣的笑容點點頭，輕輕一揮手，就打開門出去了。

美早等她的腳步聲消失後，也站了起來。

當上超頻連線者四年。找出真正值得追隨的主子三年。

美早打過多得數不清的對戰，提升了等級，能夠跑出的速度已經不是從前能夠相比，但美早對自己的速度並不滿意。

差不多是時候，得去突破逃離恐懼的這個階段了。為了前往下一個階段，為了比現在更快，更是為了保護重要的人，重要的事物。

美早舉起右手，輕輕握住。指尖感覺得到血液的流動。怦咚。怦咚。一秒一次的脈動。父親的直接死因，是心肌病變引發的突發性心室頻脈。發病時脈搏超過每分鐘兩百次，然後就像燃燒殆盡似的停下，再也不動了。

偶發性擴張型心肌病變的發病原因當中，包含了些微的遺傳因素在內。所以美早將來也可能會患上同樣的疾病，導致心臟產生病變。但滿心只知道害怕這件事，就會哪兒也去不了，這點她的化身Blood Leopard已經教會了她。

要燃燒鮮血，讓血液有如怒濤般行遍全身。

要只看著前方不斷奔跑，就像以強而有力的動作在草原上飛奔的豹一樣。

美早右手拿起仁子的書包，牢牢抱住，走出了作戰室。

（完）

後記

感謝各位讀者看完《加速世界18　黑衣雙劍士》。

首先，我要為本書再度讓讀者等了整整八個月這件事致歉。（註：此指日版）我會努力讓下一集恢復以前的出書步調，還請各位讀者見諒！

好了，在這第18集，「四大元素」的最後一人——Graphite Edge終於登場，這樣第一代黑暗星雲的幹部群也終於齊聚一堂。只是黑雪公主與楓子他們對於這次重逢，似乎並不怎麼感慨……（笑）。Graph雖然在態度上、定位上，還有必殺技的名稱等等，很多地方都令人起疑，但他是寶貴（？）的男性角色，還請各位讀者多多支持！

說來離題，但先前《加速世界》原則上都是以主角春雪的第三人稱單一觀點寫的。然而單一觀點也就表示「只能寫春雪看過聽過的事情」，隨著登場人物的增加，讓多個場景同時進行的情形增加後，只靠春雪觀點就實在無法順利敘事，所以大概從第15集左右，追加了以其他人物觀點描寫的部分。目前有過黑雪公主、Pard小姐、Magenta Scissor也就是小田切累的主觀場景，在這一集裡更追加了四埜宮謠、Chocolat Puppeteer也就是奈胡志帆子的主觀場景。

可以寫的事情增加，也就表示非寫不可的事情也會跟著增加，所以在劇情的推進上，我並不希望增加太多登場人物的觀點，但相對的用新觀點寫起來卻也相當開心。尤其志帆子她們Petit Paquet三人組的場景，更有著我不曾寫過的日常系喜劇輕小說風格，連我自己寫起來都覺得很新鮮（笑）。我希望將來能多找些機會，用更長的篇幅試著寫寫看她們的部分。

劇情方面已經（或許該說是終於……）要朝「禁城」與「加速研究社」這兩大主軸邁向解決。過去只灑不收的許多伏筆，我也打算努力回收，還請各位讀者多多給予支持與愛護！

另外這一集也和上集一樣，收錄了當初作為電視版動畫《加速世界》BD&DVD特典而新寫的短篇作品〈紅焰的軌跡〉。在此謹對給予許可的各位相關人士，以及支持動畫版的各位讀者，鄭重表達我的謝意。

另外也要謝謝將這次新登場的真人版Petit Paquet三個女生與鈷錳姊妹花畫得非常可愛的插畫師HIMA老師，還有多方費心進行調整與整理工作流量的責任編輯三木先生！那麼我們第19集再會！

二〇一五年四月某日　川原 礫

是鬧著玩的。」
——「SAO刀劍神域」設計者·茅場晶彥
「要上嘍，亞絲娜！好好抓牢啊！
——蒂爾妮爾號，出發！」
和充滿謎團的黑暗精靈騎士基滋梅爾暫時分別後，
桐人與亞絲娜一同以艾恩葛朗特第四層為目標前進。
封測時代的第四層，是乾涸的峽谷縱橫貫穿大地的「乾涸谷」的樓層。
然而，從第三層的魔王房間登上長階梯，打開了通往下一層的門的兩人
卻被流勢洶湧的河川與峽谷阻撓了去路。
正式營運的第四層，風景一變成為一片廣大的「水路」樓層。
出現在總算抵達了城鎮的兩人面前的，
是漂浮在湖水上的白堊街道以及無數大大小小的貢多拉船。
想在第四層自由地移動，就一定要入手專用的貢多拉船。
桐人和亞絲娜為了獲得船材，前往挑戰
大型火焰獸「大王巨熊·烏姆」——！
而且，要攻略艾恩葛朗特第四層
還有更艱辛的難關正等待著他們……！
系列作全球銷售量突破
1670萬的傳說輕小說！
Online刀劍神域
插畫／abec
原作／川原礫 角色原案／abec
好評發售中!!
《Sword Art Online刀劍神域 妖精之舞》全3集（漫畫／葉月翼）
《Sword Art Online刀劍神域 女孩任務》第1～2集（漫畫／猫猫 猫）
《Sword Art Online刀劍神域 Progressive》第1～3集（漫畫／比村奇石）
《Sword Art Online刀劍神域 幽靈子彈》第1集（漫畫／山田孝太郎）
《小刀劍神域》第1～2集（漫畫／南十字星）

「這雖然是遊戲，但可不
Sword Art
「Progressive」系列最新第3集
現正熱賣中!!!
特報!!!
漫畫版《Sword Art Online刀劍神域 Progressive》最新第4集
預計於2016年夏季發售——!!!

Kadokawa Fantastic Novels
©REKI KAWAHARA 2014
器的
作!!
絕對的
Reki Kawahara
川原 礫
illustration»Shimeji
插畫◎シメジ
THE ISOLATOR
realization of absolute solitude

Kadokawa Light Novels

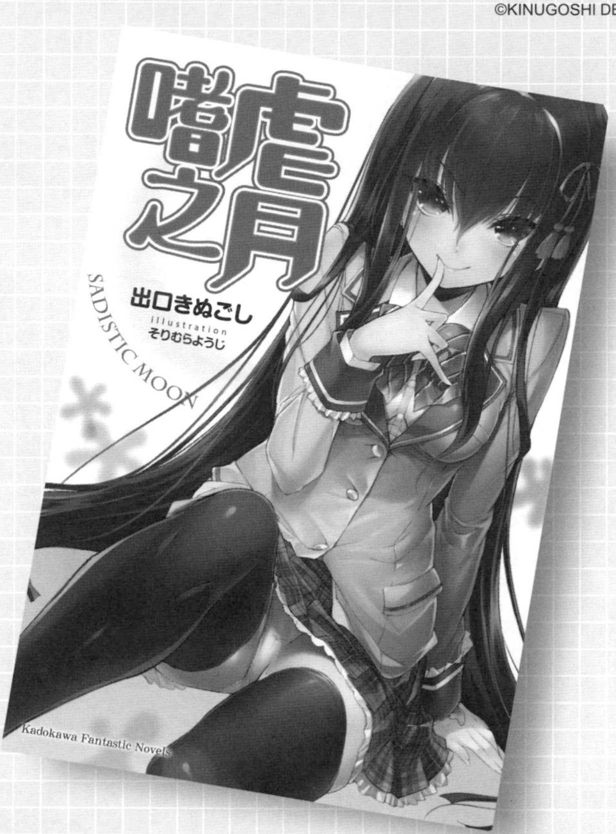

嗜虐之月

Kadokawa Fantastic Novels

作者：出口きぬごし　插畫：そりむらようじ

這名少女很危險！小心你的命〇子！
評價兩極的抖Ｓ問題作悄悄登場！

幸德秋良是一位罕見的美少女——前提是先撇開她那詭異外加令人退避三舍的個性不談。這是一篇描寫被她盯上的少年——久遠久重新取回他原以為毫無意義的人生之前那一段充滿了愛與感動，既猥褻又殘忍而且下流的故事……應該吧？

NT$190/HK$58

台灣角川

Kadokawa Light Novels

我就是要玩TRPG！異端法庭閃邊去 上

Kadokawa Fantastic Novels

作者：おかゆまさき　插畫：ななしな

桌上角色扮演遊戲

TRPG玩得好，人生就是彩色的！
桌上型RPG「跑團」小說登場！

吸血鬼獵人刀儀野祇園為了要解決魔王級吸血鬼琉德蜜娜，而造訪聖羅耀拉學院。在他潛入學生會室揮刀打算滅殺琉德蜜娜時，卻飛到了熱愛TRPG的琉德蜜娜，以特殊能力創造的「由TRPG規則支配的冒險世界」——來，陪吾等體驗這段奇蹟般的冒險之旅吧！

台灣角川

NT$200/HK$60

國家圖書館出版品預行編目資料

加速世界. 18, 黑衣雙劍士 / 川原礫作 ; 邱鍾仁譯.
-- 初版. -- 臺北市 : 臺灣角川, 2016.04
面 ;　公分

譯自 : アクセル.ワールド. 18, 黒の双剣士
ISBN 978-986-473-036-0(平裝)

861.57　　105003087

Kadokawa Fantastic Novels

加速世界 18
黑衣雙劍士

（原著名：アクセル・ワールド 18 —黒の双剣士—）

2016年4月27日 初版第1刷發行
2024年4月25日 初版第4刷發行

作者：川原礫
插畫：HIMA
日版設計：BEE-PEE

譯者：邱鍾仁

發行人：台灣角川股份有限公司
總監：呂慧君
總編輯：蔡佩芬、朱哲成
主編：林秀儒
設計指導：陳晞叡
美術設計：吳佳昀
印務：李明修（主任）、張加恩（主任）、張凱棋、潘尚琪

發行所：台灣角川股份有限公司
地址：104台北市中山區松江路223號3樓
電話：（02）2515-3000
傳真：（02）2515-0033
網址：www.kadokawa.com.tw
劃撥帳戶：台灣角川股份有限公司
劃撥帳號：19487412
法律顧問：有澤法律事務所
製版：尚騰印刷事業有限公司
ISBN：978-986-473-036-0